지나간 것은 지나간 대로
2024년 가을 표현혜영

어른의 미래

편혜영 짧은소설

어른의 미래

문학동네

차례

냉장고
007

어른의 호의
029

깊고 검은 구멍
049

그것만 생각해
071

한밤의 새
089

비닐하우스
111

이윽고 밤이 다시
125

신발이 마를 동안
145

아는 사람
167

앨리스 옆집에 살았다
185

모든 고요
205

냉
장
고

그해 K시를 연고지로 둔 야구팀의 성적은 예상 밖이었다. 프로야구 원년 멤버인 야구팀은 오랜 부진을 겪고 있었고, 그해 역시 마찬가지로 비관적인 성적이 예상되었다. 이미 전성기를 지난 팀이라는 것이 전문가들의 공통된 견해였다. 선수들의 평균연령이 높았고, 부진한 실적에 비례해 구단의 투자는 갈수록 줄었다. 하지만 그해 여름 연승을 거두고 있었다. 공공연하게 조롱을 받던 그전 해와 완전히 다른 모습이었다.

서른넷에 복부 비만이 뚜렷해진 7번 타자가 홈런을 쳤을 때, 동네에서 함성이 터져나왔다. 그 함성에 김무진의 울음소리가 묻혔다.

 김무진은 함성 속에서 오래 숨죽여 울었다. 겨우 중학생이지만 스스로 생각하기에 많은 일을 겪었다. 세상의 어떤 일은 속수무책으로 닥쳐온다는 사실도 알게 됐다. 일어날 일은 반드시 일어난다. 할아버지 김동현은 늘 그렇게 말해왔다. 김동현은 인생은 풍선 같은 것이라고도 했다. 몸집을 불려가는가 싶으면 터지거나 어느새 바람이 빠져 쭈글쭈글한 껍질만 남는다고.

 몸집을 불려간 적도 없으면서 내내 시들시들 쪼그라든 김동현은 얼마 전부터는 간신히 눈만 뜨고 가쁘게 숨을 내쉬었다. 하루는 김무진을 가까이 불러 '준비'를 해두라고 일렀다. 그래야 계속 야구를 하고 이 집에서 지낼 수 있다면서.

 중학교에 입학하고 두 달이 지났을 즈음, 김무진은 하굣길에 운동장에서 날아오는 공을 맨손으로 잡았다. 야구부 선수들이 연습 삼아 친 공을 엉겁결에 손을 뻗어 잡은 것이다. 그 일로 김무진은 왼손 검지가 조금 휘었지만 체육 선생이자 감독이던 최도영의 눈에 띄어 야구를 시작하게 되었다.

 덩치가 큰 덕에 학교 야구부에서 포수를 맡았다. 주전은 아니고 예비 포수였다. 일 년간 겨우 일곱 경기에 출전한 게 전부였지만 야구부가 있는 고등학교에 진학하고 싶었다. 공이 좋았고 글러브가 좋았고 유니폼이 좋았다. 방학이면 합숙훈련을 가는 것이 제일 좋았다. 합숙훈련이 아니면 김무진은 내내 집에만 틀어박혀 지내야 했을 것이다.

김무진은 그사이 김동현의 생각이 달라진 건 아닌지 미처 확인하지 못했다. 김동현은 더는 말하지 못했으니까. 김무진은 울음을 삼키고 정일우에게 전화를 걸어 사정을 털어놓았다. 정일우는 짐짓 어른스러운 투로 할아버지 뜻이 그렇다면 자신이 돕겠다고 했다. 그러니 마음의 준비를 하라고. 김무진이 오래전부터 해온 유일한 일이 있다면 바로 그거였다. 마음의 준비. 하지만 마음을 준비하고 있었다고 해서 마음이 아무렇지 않은 것은 아니었다. 마음을 준비하고 있었다고 해도 마음은 좀처럼 곁을 주지 않았다.

정일우는 말수가 적고 수줍음이 많았다. 누군가 말을 시키면 작은 목소리로 엄마 얘기만 해서 야구부에서 따돌림을 받았다. 김무진은 길에서 우연히 정일우가 엄마와 함께 있는 모습을 본 적 있었다. 정일우가 말한 것처럼 그애 엄마가 예쁘고 젊고 똑똑해 보이지 않아서 조금 놀랐다. 그애 엄마는, 김무진이 보기에는 할머니나 다름없었다. 그래도 김무진은 정일우가 부러웠다. 엄마 옆에서 쉴새없이 떠들고 있어서였다. 그 얘기를 했더니 정일우는 김무진을 향해 씩 웃었다. 그후 두 사람은 가장 친한 친구가 됐다.

정일우를 기다리는 동안 김무진은 정일우가 당부한 일을 해두었다. 즉 구형 냉장고를 비워냈다. 그다지 어렵지는 않았다. 냉장고에는 든 게 거의 없었다. 이전에도 그랬지만 김동현이 아파 누워서 지내게 된 후로 냉장고는 더 쓸모없는 물건이 되었다.

정일우가 냉장고 얘기를 꺼낸 건 전화를 끊기 전이었다. 왜 냉장고냐고 김무진이 묻자 정일우는 딱하다는 듯 혀를 찼다.

"요즘 같은 날씨에 냉장고가 아니면……"

정일우는 더 말을 잇지 않았다. 뒷말을 하기 무서워서였을 수도 있고 김무진이 갑자기 훌쩍거렸기 때문일 수도 있었다. 그래도 정일우가 입을 다물어줘서, 엄마 얘기를 꺼내지 않아서, 섣불리 할아버지 얘기를 하지 않아서 김무진은 눈물을 그칠 수 있었다.

한 시간쯤 후 정일우가 김무진의 집에 도착했다. 야구복을 입은 채였다. 엄마에게 야구 연습을 하러 가야 한다고 둘러댔다고 했다. 정일우는 초등학교 때부터 야구를 했고 8번 타자였다. 경기에 나갈 때마다 배트 끝을 땅바닥에 문지르며 행운을 비는 말을 했지만 행운은 여간해서 오지 않았다.

김무진이 문을 열어주자 정일우는 할아버지 저 왔어요, 하고 옆집에 들릴 정도로 크게 인사하고 현관문을 닫았다. 집안으로 들어온 정일우는 한숨을 내쉬며 실내를 둘러보다 냉장고 내부를 일정한 간격으로 나누는 플라스틱 선반이 죄다 밖으로 나와 있는 것을 확인했다.

일이 끝나고 김무진은 정일우가 시키는 대로 창문을 활짝 열었다. 냉장고 냄새가 심했다. 텅 빈 냉장고였는데도 무엇인가 오래 묵은 냄새가 났다. 정일우는 가방에서 기다란 초록색 향을 꺼냈다.

"원래 이런 걸 피우는 거래."

정일우는 다 죽어서 흙만 남은 화분을 베란다에서 가져와 향을 꽂고 챙겨온 라이터를 꺼냈다. 바람도 불지 않는데 라이터가 잘 켜지지 않았다. 가스가 얼마 남지 않은 것 같았다. 정일우는 라이터 몸통을 기울여 기어이 불을 켰다. 향냄새가 났지만 정일우는 아무 말도 하지 않았다. 막상 일이 끝나자 무서움을 느끼는 것 같았다. 떨리는 두 다리를 배트처럼 땅에 비볐다.

이웃집에서 또 함성 소리가 들려왔다. 누군가 안타를 치고 진루하거나 투수가 삼진으로 상대 팀 타자를 잡은 모양이었다. 김무진과 정일우는 이 주째 야구를 하지 못했다. 학교에서는 야구부를 해체한다는 소문이 돌았다. 김무진으로서는 곤란한 얘기였다. 야구부에 속해 있어야만 저녁밥까지 학교에서 먹을 수 있었다. 방학 때는 합숙훈련으로 여러 끼니를 해결했다. 그런 계산으로 야구부에 들어간 것은 아니었지만 그것 때문에 야구부가 더 좋아지긴 했다.

야구를 하게 됐다고 하자 김동현은 말했다.

"무진아, 무거운 배트를 써라. 홈런을 치려면 그래야 해."

김동현은 김무진이 포수라는 걸, 주전이 아니라는 걸 몰랐다. 김무진은 할아버지가 쓸데없는 말을 한다고 생각했으나, 나중에 최도영에게 베이브 루스라는 미국 야구 선수 얘기를 듣고 할아버지 말은 틀린 적이 없다는 걸 다시금 깨달았다.

최도영은 누군가 홈런을 치면 "오, 베이비 루스" 하고 크게 칭찬했다. 베이브 루스의 이름을 변용한 것이었다. 베이브 루스는 타고난 장타자인데, 일 킬로그램이 넘는 무거운 배트만 사용했다.

이 주나 야구를 못하게 된 것은 최도영에게 뭔가 문제가 생겨서였다. 최도영이 형사처벌을 받을지도 모른다는 얘기가 돌았다. 그 문제를 해결하기 위해 최도영은 요즈음 야구부 아이들의 집을 일일이 찾아다니고 있었다.

"너희들이 나를 도와줘야 한다."

결과적으로 마지막 연습이 된 그날, 최도영은 도열한 아이들 한 명 한 명에게 아이스크림을 나눠주며 말했다.

"나는 너희들을 야구부가 있는 고등학교에 보낼 수 있는 사람이다. 더 나아가 프로팀으로도 보내고 대학으로도 보낼 수 있다. 내가 아니면 너희들은 야구를 때려치우고 야구부도 없는 고등학교에 간신히 입학하게 될 거다. 내가 있어야만 너희들 인생이 계속될 거다."

아이들을 해산시키기 전, 최도영은 이렇게 윽박지르기도 했다. "내가 잘리면 이 학교에 더이상 야구부 선생은 없다."

최도영은 실업팀의 중견수였다. 같은 대학에서 잘나가던 선수와 묶여 프로야구팀에 입단하긴 했는데 배트 보이 역할에 불만을 품고 실업팀으로 이직했다. 곰의 꼬리가 되느니 미꾸라지의 머리가 되는 게 낫다고 여겼다. 최도영은 그 말을 입에 달고 살았다. 아이들을 훈련시킬 때도 툭하면 그 말을 해서 별명이 미꾸라지가 됐다. 최도영이 말한 속담이 본래 '용의 꼬리가 되느니 뱀의 머리가 되는 게 낫다'임을 모르는 사람은 없었지만, 최도영이 '용'을 하필 '곰'으로 바꿔 말하는 이유를 아는 사람은 별로 없었다. 최도영이 잠깐 몸담았던 프로야구팀 구단의 마스코트가 곰이었다.

최도영은 탄원서가 자신에게 도움이 될 거라고 했다. 장래성 있는 수많은 야구부 학생의 미래를 좌우할 사람이라고 적어주면 실수를 용서받을 수 있다고. 그 일을 '실수'라고 말하는 사람은 최도영뿐이었다. 상황을 분간 못하는 아이들조차 최도영이 학생에게 저지른 일을 두고 실수라고 하지 않았다. "제가 어딜 봐서 그럴 사람입니까." 최도영은 야구부 선수들의 부모를 찾아가 탄원서를 써달라고 빌면서 그렇게 말한다고 했다. "야구부에는 여학생도 없지 않습니까." 그렇게도 말한다고 했다. 나쁘지 않은 일이라고 생각하는 부모도 있는 모양이었다. 탄원서를 써주면 고등학교 입학에 결정적 권한을 가진 감독에게 지금처럼 굴종할 필요가 없을지 모른다는 계산도 했을 것이다. 아이에게 좀더 기회가 생길 수도 있다는 생각과 적어도 자신의 아이가 감독에게 추행을 당할 리는 없으리라는 생각도 했을 것이다. 무엇보다 감독의 말마따나 야구부에는 남학생뿐이지 않은가. 그런 이유로 야구 선수로서 전도유망한 아이들의 장래를 위해 그동안 성실하고 유능했던 감독의 성품과 태도를 참작해달라고 탄원의 문장을 써나간 부모도 있었다.

향이 거의 다 타들어갈 무렵 초인종이 울렸다. 정일우가 겁먹은 표정으로 김무진을 쳐다봤다. 둘은 잠자코 있었다. 소리를 내지 않으면 되리라 생각했지만 거실 불빛이 훤히 새나갈 테니 사람이 없는 척해봤자 소용없는 일이었다. 문밖의 사람도 이미 집안에 누군가 있는 걸 안다는 듯이 이번에는 맨손으로 문을 쾅쾅 두드렸다.

"누구세요?"

김무진이 뜸을 들이다 물었다.

"무진이니?"

밖에서 크게 되묻는 소리가 들렸다. 미꾸라지다. 입 모양으로 정일우가 말했다.

문을 열자 웃고 있는 최도영이 보였다. 정일우는 미꾸라지가 그렇게 선량하게 웃는 걸 처음 봤다. 김무진은 본 적 있었다. 운동장에서 우연히 잡은 공을 가져다주었을 때도 최도영은 그렇게 웃으며 말했다. "이 맹랑한 놈 봐라." 최도영은 김무진을 세워놓고 타격 연습을 하던 아이들을 불러모았다.

"손이 빠르다는 건 머리가 좋다는 거다. 이걸 봐라. 이애는 다른 애들처럼 공을 굴려 보내지 않고 나한테 직접 들고 왔잖니. 감독이 누군지 잘 알고 있는 거다."

김무진은 그게 칭찬받을 일이냐는 듯 아니꼬운 표정을 짓는 아이들의 눈치를 봐야 했다. "너 야구 해볼래?" 최도영이 선하게 웃으며 물었고 김무진은 고개를 끄덕였다.

"마침 둘이 같이 있었구나. 방금 일우네 집에 다녀오는 길이다."

최도영의 말에 정일우는 깜짝 놀랐지만 입을 다물었다.

"어머니가 선생님을 도와주시기로 했다. 네 말대로 참 좋은 분이시더구나. 음식도 잘하시고 예쁘시고."

최도영이 정일우를 향해 눈을 찡긋했다. 정일우가 움찔했다.

"할아버지는 어디 가셨니?"

최도영이 이번에는 김무진에게 물었다. 김무진은 잠시 숨을 삼켰다가 대답했다.

"친척집에요."

"친척집? 편찮으시다고 했잖아."

"편찮으셔서 가셨대요. 치료받으러요."

정일우가 재빨리 거들었다. 김무진은 떨지 않으려고 주먹을 꽉 쥐었다.

"그래?"

그렇게 대구하면서 최도영은 현관에 놓인 낡은 신발을 빤히 내려다봤다. 김동현의 신발이었다. 김무진은 뜨끔했지만 신발이 현관에 놓여 있다고 해서 신발의 주인이 반드시 집에 있다는 증거는 안 된다고 스스로를 달랬다. 최도영은 잠시 난감한 얼굴을 했다가 표정을 부드럽게 바꾸고는 "안으로 좀 들어가도 될까?" 하고 말했다. 그제야 김무진과 정일우는 현관에서 몸을 비켜 최도영에게 자리를 내주었다.

신발을 벗자 최도영의 발에서 냄새가 났다. 그러고 보니 그는 흰 셔츠에 넥타이를 매고 검은 양복을 입고 있었다. 잘 닦인 구두도 신고 있었다. 처음 보는 모습이었다. 평소에는 언제나 야구복이나 트레이닝복 차림이었다. 도움을 구하기 위해 옷을 갖춰 입었겠지만 어쩐지 온몸이 시커먼 게 장례식장에 가는 사람처럼 보였다.

최도영이 아이고, 소리를 내며 좁은 거실에 주저앉았다. 정일우와 김무진은 그 앞에 무릎을 꿇고 앉았다. 최도영은 목을 죈 넥타이를 느슨하게 풀었는데, 두 사람에게는 편하게 앉으라고 말해주지 않았다. 양복이 더운지 최도영이 들고 있던 서류 봉투로 부채질을 했다. 거기에는 아마 야구부원들의 부모를 찾아다니며 받은 탄원서가 들어 있을 것이다. 정일우는 엄마가 거기에 뭐라고 썼을지 생각했다. 고등학교 진학 문제로 늘 최도영에게 욕을 먹는다고 일찍 털어놓지 않은 걸 후회했다.

 정일우가 눈짓을 해서 김무진은 거실 구석에 있던 선풍기를 가져다가 최도영에게 바람이 향하도록 틀었다. 땀을 조금 식힌 최도영이 고개를 돌려 찬찬히 집을 둘러봤다. 방 하나에 부엌 겸 좁은 거실이 눈에 보이는 전부였는데, 여기저기 널린 살림과 약봉지 같은 것을 일일이 살피듯 들여다보았다. 그러고는 김무진을 빤히 보며 이런저런 질문을 던졌다. 친척집이 가까운지, 할아버지는 얼마나 머물다 오실 예정인지, 거동을 못하신다더니 친척이 와서 모셔갔는지 하는 것들을. 외삼촌이 휠체어를 가져와 모셔갔다고 대답했더니 "외삼촌이? 네 외삼촌이 친할아버지를?" 하고 두 번이나 되물었다. 그렇다고 대답하다가 김무진은 자신의 대답이 이상했다는 것을 알아차렸고, 그 실수 때문이 아니라 그렇게 할아버지를 모셔갈 외삼촌이라도 있었으면 좋겠다는 생각에 그만 울컥했다. 울까봐 그러는지 정일우가 김무진의 허벅지를 꾹 찔렀다. 김무진은 울음을 참으려다 도리어 끅끅거리는 소리를 냈다.

최도영은 달래지도, 왜 우느냐고 묻지도 않은 채 무표정하게 김무진을 쳐다봤다. 피로해 보였다. 김무진의 소리가 그치기를 기다렸다가 최도영이 입을 열었다. 처음 김무진이 운동장에서 맨손으로 야구공을 받았을 때 바로 재능을 알아봤다는 얘기부터 시작했다. 민망한 듯 힐끔 정일우를 쳐다보기는 했지만 말을 멈추지는 않았다. 정일우의 장래성에 대해서라면 정일우의 엄마에게 이미 충분히 과장하고 왔을 것이다.

"올가을 대회에는 너를 주전으로 세우려고 했다. 오기를 심어주면서 좀 강하게 키우려던 거지, 기회를 안 준 건 아니야. 이해하지?"

최도영이 침을 삼키고 말을 이었다. 가을 대회에 나가려면 할아버지의 이름과 주민등록번호 같은 신상 정보가 필요하고 무엇보다 도장이 필요하다고 했다. 최도영은 봉투에서 종이 한 장을 꺼냈는데, 거기에는 이미 뭔가 잔뜩 적혀 있었다. 맨 윗줄에 존경하는 판사님께 고합니다, 라고 쓰인 문장이 눈에 띄었다.

"무진이 할아버지는 편찮으시니까 직접 쓰기 힘드실 것 같아서 내가 대신 써왔다. 여기 적힌 말들에 동의한다는 의미로 할아버지 도장을 찍어가야 해. 할아버지가 계셨다면 당연히 흔쾌히 찍어주셨을 거야. 그렇지? 네 장래를 위해서 말이야."

최도영은 종이를 뒤집어 바닥에 내려놓으며 명령조로 말했다.

"할아버지 도장 좀 가져와."

정일우가 다시 김무진을 꾹 찔렀다. 그렇게 하라는 것인지 말라는 것인지 헷갈렸지만, 김무진은 자리에서 벌떡 일어섰다. 미꾸라지가 빨리 돌아갔으면 해서였다.

김무진은 할아버지가 누워 있던 방으로 들어가 옷장 문을 열었다. 할아버지는 옷장 서랍 아래 칸에 이런저런 잡동사니를 다 넣어두었다. 거기에는 그간 할아버지와 김무진의 생활을 책임져왔던 각종 증명서도 있었다. 할아버지는 그것들을 보물처럼 아꼈다. 내가 쪼그라든 걸 비밀로 해야 계속 지원금이 나오는데, 그 돈이 있어야 네가 학교도 다니고 야구도 계속할 수 있다고 할아버지는 말했다. 무서워서 싫다고 했더니 할아버지는 그러면 고아원에 가게 될 거라며 슬픈 얼굴을 했다.

아무리 뒤져봐도 도장은 없었다. 주민등록번호는 찾았다. 기초 생활 수급자 증명서와 함께 할아버지의 주민등록증이 서랍 구석에 놓여 있었다. 최도영에게 말했더니 주민등록번호만이라도 적게 일단 가지고 오라고 했다.

최도영은 자기가 써온 종이에 할아버지 이름과 주민등록번호를 적었다. 도장을 못 찾겠으면 자신이 할아버지 이름으로 서명을 해도 되겠느냐고 했다. 그게 아니면 집에 돌아가는 길에 도장을 하나 새기겠다고도 했다. 김무진은 얼결에 고개를 끄덕였다. 최도영이 당장 집에서 나가만 준다면 뭘 어떻게 해도 상관없었다.

"그나저나 감독님이 가정방문을 했는데 대접이 소홀하구나. 물이라도 내와야지. 목이 마르다."

최도영이 느긋하게 허리를 젖히며 말했다. 그의 시선이 좁은 거실에 아무렇게나 쌓여 있는 냉장고 선반에 닿아 있었다. 김무진은 기어들어가는 목소리로 수돗물밖에 없다고 말했다. 최도영이 못마땅한 듯 됐다고 말하며 자리에서 일어섰다. 현관으로 가는 줄 알았는데 불쑥 방문을 열었다. 김무진은 깜짝 놀랐다. 정일우는 작게 탄식을 내뱉었다.

방문을 연 최도영이 인상을 쓰며 코를 싸쥐었다.

"이게 다 무슨 냄새냐."

최도영은 코맹맹이 소리로 물었다.

"여기가 할아버지가 계셨던 방이냐?"

김무진이 고개를 끄덕였다.

"할아버지는 언제 가셨니?"

김무진과 정일우가 동시에 대답했다. 김무진은 어제라고 했고 정일우는 아까라고 했다.

"그래?"

최도영이 누구의 말에 대꾸하는 건지 알 수 없게 되묻더니 씩 웃었다.

"우리 할머니는 집에서 돌아가셨다. 그때 꼭 이런 냄새가 났지. 한평생 뭘 하며 살았건 죽어가는 사람한테서는 똑같은 냄새가 난다. 그게 이상하지 않니, 무진아?"

최도영이 김무진을 돌아봤다. 김무진은 얼굴을 일그러뜨

리지 않도록 몸에 힘을 주었다. 정일우의 얼굴은 새파랗게 질려 있었다. 최도영은 방문을 닫고 아까처럼 아이고, 소리를 내며 다시 거실에 주저앉았다.

"대학 때 말이다. 학교 근처에 방을 구하는데, 시설이 좋고 방도 넓은데 값이 너무 싼 집이 있었어. 부동산 주인이 그 방을 제일 나중에 보여줬지. 낌새가 이상해서 물었더니 전에 살던 사람이 죽어 나간 방이라고 일러주더구나. 나는 월세를 깎아서 그 방에 들어갔다."

최도영은 어깨를 으쓱하고는 말을 이었다.

"그건 흉이 아니다. 내가 아는 어떤 동네는 말이다. 오래전에 공동묘지였다. 아주아주 오래된 얘기지만, 집을 지어야 하는데 땅이 있을 리 없잖니. 그래서 봉분 위에 집을 짓고 살았다. 돌이 모자라니까 비석을 가져다가 디딤돌로 쓰고 담으로도 쌓고…… 그렇게 지은 집에서 밥도 먹고 아기도 낳고 잠도 자고 살았다, 사람들은. 그 동네뿐이니? 이 나라는 전쟁 때 사람이 안 죽은 땅이 없다. 우리는 다 누군가 죽은 땅 위에서 사는 거다."

최도영이 말을 멈췄다.

"사람은 고귀하지 않니. 어떻게든 살려고 애쓰니 말이다.

자, 나를 봐라. 내가 살아보려고, 응? 이렇게 더운데 검은 양복까지 차려입고 너희들한테 와서, 굽신거리면서, 응? 도장을 찍어야 한다고 그러잖니. 그러면서도 사는 거다, 사람은."

최도영이 입을 다물었다. 정일우와 김무진도 잠자코 있었다. 침묵 속에서 소리가 들렸다. 냉장고 소리였다. 별스럽게 큰 소리는 아니었다. 워낙 오래되고 낡아서 일정한 간격으로 고약한 소리가 날 뿐이었다. 가만히 최도영을 살피며 그 소리를 듣고 있던 정일우가 침을 크게 삼키는가 싶더니 이내 딸꾹질을 시작했다. 김무진은 원래 냉장고에서 이런 소리가 났다고, 아무도 묻지 않았는데 떨리는 목소리로 말했다. 최도영이 둘을 번갈아 보다가 김무진에게 물었다.

"냉장고가 평소에도 이렇게 요란했단 말이니? 그럼 고쳐야지."

최도영이 일어서서 냉장고 쪽으로 갔다. 정일우가 숨을 참고 눈을 크게 떴다.

"보통 이렇게 큰 소리가 나면 말이다, 나는 이렇게 한다."

최도영이 냉장고 옆면을 세게 두 번 두드렸다. 냉장고를 칠 때마다 정일우가 몸을 흠칫 떨었다. 과연 소리가 조금 잦

아드는 듯싶었다.

"됐지?"

정일우가 고개를 끄덕였다. 최도영은 여전히 냉장고 옆에 서 있었다.

"이 냉장고는 너무 크구나. 낡은 게 문제가 아니라 이 집에 어울리지 않게 커. 무진이 너는 곧 합숙에 들어갈 거고 할아버지는 친척집에 있을 텐데, 이렇게 큰 게 다 무슨 소용이니. 그런데 이 안에 얼마나 큰 걸 넣으려고 저렇게 선반을 죄다 꺼내놨니."

최도영이 눈으로 선반을 가리키며 냉장고 문을 쓰다듬었다. 그러지 말라는 듯 냉장고 소리가 다시 커졌다. 최도영이 냉장고 손잡이에 손을 가져다댔다. 정일우는 눈을 꾹 감았고 김무진은 자리에서 벌떡 일어섰다. 최도영이 천천히 냉장고 문을 열었다.

냉장고 안에서 냉기가 쏟아져나왔다.

어른의 호의

시간이 걸렸지만 기명은 결국 남자가 누구인지 알아차렸다. 회사 건물 입구에서 여러 번 남자를 지나쳤던 게 떠올랐다. 남자는 우편배달부 같았다. 실제로 그렇다는 뜻이 아니었다. 똑같은 옷에 똑같은 가방을 들고 같은 종류의 오토바이를 타고 매번 동일한 길로 다닐 것처럼 보인다는 의미였다. 어디서 만나건 유니폼 외엔 별로 기억에 남지 않고 뒤돌아보지 않아도 되는 사람 말이다.

하지만 독특한 점이 있었다. 남자는 보통 어깨에 메는 가방을 파우치처럼 허리춤에 꼭 끼고 있었다. 그러느라 가방끈이 무릎까지 길게 내려왔다. 한번은 끈에 다리가 걸려 넘어질 뻔했고, 그때 처음으로 기명은 뒤돌아 남자를 쳐다보았다가 어딘지 익숙한 느낌을 받았다. 다음날 회사 근처에서 허리춤에 가방을 낀 남자를 다시 보고 나서야 기명은 그를 의식하기 시작했다.

며칠 후 똑같은 차림의 남자를 아파트 단지 앞 편의점에서도 보았다. 남자는 기명과 눈이 마주치자 허리를 구부려 아이스크림 냉장고를 뒤적거렸다.

"아저씨."

기명이 남자를 불렀다. 목소리가 조금 떨려 나왔다. 남자는 못 들은 척 계속 냉장고를 살폈다. 기명은 좀더 남자에게 다가갔다.

"아저씨."

"네?"

남자가 고개를 들어 기명을 쳐다봤다.

"다 고르셨어요?"

"아, 네."

남자는 대충 아이스크림을 하나 꺼내고 어색하게 냉장고 문을 닫은 뒤 물러섰다. 기명은 그를 뚫어져라 봤다. 이 정도면 남자 역시 기명을 마주볼 법한데 그렇게 하지 않았다.

남자는 그대로 편의점 파라솔 아래 앉았다.

"아저씨."

"네?"

남자가 다시 기명을 쳐다봤다.

"계산하셔야죠."

남자는 굳은 얼굴로 안으로 들어가 계산하고 나와서는 아이스크림콘을 베어 물었다. 평정을 되찾은 듯 느긋이 의자에 등을 기대앉더니 테이블에 휴대전화를 올리고 야구 중계를 켜놓았다. 이어폰도 끼지 않고 지나가는 사람이 인상을 찌푸릴 만큼 볼륨을 키웠다. 야구를 본다기보다는 야구 보는 모습을 보여주고 싶은 듯했다.

기명은 그날 집으로 돌아와 주변을 얼쩡거리는 남자에 대해 아내에게 털어놓았다.

"왜 따라다녀? 당신을 좋아하는 사람인가?"

아내는 대수롭지 않게 농담하고 나서, 기명에게 또 주정차 위반 통지서가 발급되었다고 투덜댔다. 벌써 세번째였다. 기명은 휴일에만 차를 타니 조금이라도 원칙을 어긴 주정차는 모두 걸린 셈이었다. 아내는 아예 차를 팔아버리라고 잔소리했지만 화난 기색은 아니었다. 아이 때문에 기분이 좋아서였다. 아이가 이번에는 비교적 잘 지내는 것 같다고 했다.

"아까는 친구 따라 수학 학원을 옮겨도 되느냐고 물었어."

아내의 말에 기명 역시 짧은 안정감을 느꼈다. 자신의 기쁨이 한 번도 본 적 없는 아이의 친구 때문이라는 사실이 조금 어색했지만, 기명은 모처럼 찾아온 평온함을 불확실한 두려움으로 바꾸고 싶지 않아서 더는 남자 얘기를 하지 않았다.

대신 다음날 점심을 먹으며 사무실 동료들에게 털어놓았다.

"뭐가 문제야? 그 사람 덩치가 커?"

그건 아니라고 하자 동료는 "그럼 먼저 한 대 쳐" 하고 가볍게 대꾸했다. 후배가 기명에게 혹시 제3금융권을 이용했느냐고 조심스럽게 묻자 식사를 하던 동료들이 일제히 웃음을 터뜨리고는 요새 이상한 사람이 많으니 상종하지 말라고 너나없이 충고했다.

"잘 생각해보세요. 누구한테 원한 산 거 없는지."

평소 늘 진지하게 굴어 잔소리를 듣는 후배가 이어서 말했다. 기명은 그 말에 원한이 맺힌다고 웃으며 대꾸했다.

동료들은 모두 좋은 사람이었다. 어린 시절부터 가정의 적절한 지원을 받아 우수한 학력을 유지했고, 그 덕에 용모와 태도, 취향과 경험에 있어 모두 중산층으로 제대로 자리 잡은 사람들이었다. 기명 역시 다르지 않았다. 돈 때문에 안간힘을 쓰거나 학력이나 교우 문제로 고민해본 적이 없어서 사채나 원한을 화제로 삼는다면 말할 것도 없이 농담이 되기 마련이었다.

위협을 느낄 필요는 없다고 다들 입을 모아 말했다. 틀린 얘기는 아니었다. 남자는 비슷한 아웃도어를 번갈아 입고 기명의 주변을 어슬렁거릴 뿐 노골적인 위협을 가하지는 않았다. 체구가 작고 나이도 많아 보이고 근력도 기명보다 약할 듯했다. 기명은 자기보다 수월히 사는 사람에게 은근한 동경과 박탈감을 느꼈지만 자기보다 나을 게 없다 여기는 사람에 대해서는 쉽게 동정과 연민을 품었다. 남자에게 느끼는 감정도 딱 그 정도여서 대수롭지 않게 넘기기로 했다.

얼마 후 기명은 휴대전화로 찍은 사진을 살펴보다가 몇 개월 전 사진에서 뜻밖에도 남자를 찾아냈다. 시내 맥줏집에서 친구들과 찍은 사진이었는데 뒤 테이블에 남자가 앉아 있었다. 남자는 분명히 기명 쪽을 쳐다보고 있었다. 기명은 그제야 남자가 자신을 오래 따라다녔고 생각보다 많은 것을 알고 있음을 깨달았다. 남자는 기명의 회사와 집을 알았다.

아내와 아이에 대해서도 알고 있을지 몰랐다.

기명은 정면돌파하기로 했다. 퇴근길에 가방을 들고 멀뚱히 서 있는 남자를 발견하자 곧장 그에게 다가갔다. 남자는 피하지 않았다. 시선은 딴 곳에 두었지만 기명이 다가오는 것을 의식했다.

"저 아시죠?"

기명이 묻자 남자가 부인하지 않고 슬쩍 기명을 쳐다보았다. 기명은 남자의 얼굴을 뜯어보았다. 남자에게서 정체를 들켰다는 당혹감은 느껴지지 않았다.

"팀장님, 퇴근하세요?"

기명이 남자에게 뭔가 물으려는데 후배들이 떼 지어 나오다가 기명을 향해 큰 소리로 인사했다. 후배들은 기명과 마주선 남자가 그 사람임을 알아챘는지 도움이 필요하면 언제라도 함께 나선다는 걸 보여주려는 듯 몇 발짝 거리를 두고 멈춰 섰다. 수적으로 열세였지만 남자는 움찔하지 않았다. 애당초 남자에게는 공격의 의지가 없었으므로 수세에 몰릴 이유도 없었다는 것을 기명은 나중에야 깨달았다.

"이럴 게 아니라 어디 가서 커피나 한잔하시지요."

기명은 정중히 제안한 다음 흘깃 후배들을 돌아봤다. 그들은 여전히 기명과 남자를 지켜보고 있었다. 겉보기와 달리 사람은 갑자기 폭력적인 행동을 하기도 하니까. 이유 없이 모르는 사람을 때리고 찌르고 마구 패기도 하니까. 분노와 박탈감을 그런 식으로 푸는 사람도 있으니까. 사실대로 말하자면 기명은 남자 역시 그런 부류이리라 생각했다. 기명이 느끼는 두려움은 딱 그 정도였다. 마구잡이로 달려든 미친놈에게 이유 없이 폭행을 당할지도 모른다는 두려움. 하지만 주위에 보는 눈이 많았고, 무엇보다 남자의 바지 품이 헐렁거리는 것이 조금도 위협적으로 느껴지지 않았다.

"그러고 싶지 않습니다."

남자가 고개를 저으며 말했다. 표정을 일그러뜨리거나 태도를 바꾸지 않고 편의점 점원에게 원하는 담배 브랜드를 말하는 어조로 태연하고 덤덤하게. 기명은 모욕당한 기분이 들어 후배들의 동조를 구하듯 뒤를 돌아봤다. 그들은 기명에게 먼저 치라는 신호로 허공에 대고 주먹질을 하거나 엄지를 치켜들어 격려를 보냈다. 그중 한 명이 휴대전화를 들어 보이며 촬영하고 있으니 안심하라는 제스처를 취했는데, 기명은 그런 후배들에게 느닷없이 불쾌감을 느꼈다. 놀림감이 된 기분이었다. 기명이 남자에게 얻어맞기라도 한다면 그들은 당장 달려와 도와주겠지만 결코 대신 맞아주지는 않을 것이다. 고통과 수모는 온전히 기명의 몫이었다. 기명의 아이가 지난해 홀로 그 일을 겪었던 것처럼.

생각이 아이에게 닿자 기명은 문득 뭔가를 깨달았다. 남자가 누구인지 생각난 것이다. 물론 다른 사람일 수도 있었다. 기명이 그 사람을 본 건 두어 번에 지나지 않으니까. 하지만 그 사람이라는 생각이 들자 다른 가능성은 완전히 사라졌다. '그러고 싶지 않다'는 남자의 말이 누구에게서 비롯된 것인지도 알아챘다. 언젠가 기명 자신이 남자에게 한 적 있는 말이었다.

이토록 기억이 선명한데 어째서 그를 바로 떠올리지 못했을까. 그 질문의 답은 곧 찾을 수 있었다. 남자를 다시 만나리라고 짐작하지 못해서였다. 당연했다. 죄과가 밝혀지면 가해자는 가급적 나타나지 않기 마련이다. 그런데 어째서일까. 남자는 기를 쓰고 기명의 눈에 띄려고 했다.

남자는 기명을 똑바로 쳐다보았다. 말을 하거나 표정을 바꾸지 않은 채, 자신이 줄곧 서 있기만 해도 기명의 분노를 일으킨다는 걸 아는 표정으로. 그 태연함에 기명은 비위가 상했다. 남자는 애당초 기명에게 노골적인 해를 가하거나 위협을 줄 생각이 없었다. 주먹을 휘두르거나 우편함에 협박 쪽지를 넣는다거나 익명으로 기명의 사생활을 폭로하거나 받으면 바로 끊는 전화를 걸어댈 리도 없었다. 그런 짓은 하지 않을 작정인 것이다. 단지 자신의 존재를 잊지 말라는 듯 날마다 얼쩡거리기만 했다. 마치 날파리처럼. 물지도 쏘지도 않지만 신경을 흐트러뜨리며 주변을 끊임없이 휘젓고 다니는 날파리 말이다. 언제 나타났는지 알 수 없는 것도 날파리와 똑같았다. 계속 이런 식이라면 주먹질을 하더라도 기명이 먼저 하게 될 것이다. 위험해서가 아니라 순전히 귀찮아서.

기명은 정중함을 버리고 남자에게 바짝 다가가 얼쩡대지 말고 꺼지라고 속삭였다. 누군가에게 이렇게 낮고 단호한 어조로 위협을 가한 건 처음이었다. 남자가 무표정하게 기명을 보았다. 공포나 두려움은 느껴지지 않았다.

기명은 후배들을 돌아봤다. 스스로 의식하지 못했지만 아마도 얼굴에 당혹스러움이 고스란히 드러났을 것이다. 기명은 자신을 의아하게 보는 후배들에게 인사도 하지 않고 지하철역 쪽으로 빠르게 걸었다. 틀림없이 남자가 따라오리라 확신하면서.

후배들에게 신물이 나고 오히려 남자가 동행처럼 여겨지

는 기이한 감정 속에서 기명은 뒤돌아보지 않으려 애썼다. 쇼윈도를 힐끔거리지 않았다. 뒤따라오는 발걸음소리 중 남자의 소리를 분간하지 않으려고 했다. 가까스로 그 일을 해낸 스스로에 우쭐하며 아파트 현관으로 들어섰다.

집으로 들어서자마자 기명은 다급하게 아이를 찾았고 아내로부터 불안하게 왜 그러느냐는 말을 들었다. 한동안 아내는 아이에 대해 말할 때마다 눈물을 흘렸다. 이제는 지나갔다. 하지만 정말 그럴까. 아침마다 학교에 가는 아이의 표정과 걸음걸이를 살피고 아이 몰래 휴대전화 문자와 카톡 메시지를 죄다 훔쳐보고 조금만 귀가가 늦으면 위치 추적 앱을 확인하고 근처 피시방을 수시로 찾아가고 아이의 인터넷 검색 기록을 뒤지는 일을 여전히 하고 있는데 말이다.

학원에서 아이가 돌아오기를 초조히 기다리는 동안 기명은 자신의 졸렬했던 말을 후회했다. 아내가 늘 얘기하듯 다 지나간 일이었다. 아무리 남자가 가해 아이의 부모라고 해도 이제는 용서를 베풀 때도 되었다. 다른 사람에게 이미 그랬던 것처럼. 다시 남자를 만나면 기명은 이야기를 나눠봐야겠다고 생각했지만 동시에 자신이 그 순간을 몹시 두려워하고 있음을 깨달았다.

다음날 출근길에 기명은 회사 주위에 있을 남자를 찾아 나섰다. 시간이 조금 걸렸다. 남자는 그날따라 옆 건물 조형물 근처에 앉아 있었다. 휴식이라도 즐기듯 편안해 보였다. 기명이 다가가자 남자가 먼저 고개를 까딱하며 인사했다. 기명은 웃어 보이려 애쓰며 남자 옆에 앉았다.

"바쁘실 텐데 저한테 왜 이러십니까?"

"제 사정입니다."

"도대체 왜 이러세요. 우리 이러지 맙시다."

"우리라니요. 어떻게 우립니까. 나는 나대로 살 테니 그쪽은 그냥 사시던 대로 사시면 됩니다."

"네?"

"아무 잘못도 하지 말고요."

"그게 무슨 말입니까?"

"담배꽁초나 휴지도 길거리에 함부로 버리지 마세요. 침도 뱉지 말고요. 주차 위반도 하지 말고 신호나 정지선도 잘 지키고 깜빡이도 잘 켜세요. 공원의 꽃도 꺾지 말고 잔디밭도 들어가지 마시고요."

"뭐하자는 겁니까? 사람을 때린 게 그깟 담배꽁초 길거리에 버리는 것과 같습니까? 내 아들은 얻어맞았어요. 수십 대씩 지속적으로 맞았어요. 당신 아들이 그런 일을 저질렀고 마땅한 처벌을 받았어요. 그걸 겨우 담배꽁초 버리는 일에 비교하며 나를 괴롭히겠다는 거예요?"

"맞습니다. 제 아들은 잘못했습니다. 당연히 사람은 그런 잘못을 저지르면 안 됩니다."

남자가 태연하게 대꾸했다. 여전히 가방을 허리춤에 들고 있었는데, 그제야 항상 그 높이로 드는 이유가 있으리라는 생각이 들었다. 거기에는 지갑과 휴대전화, 휴지나 생수 같은 흔한 소지품 말고 다른 게 들었을지도 몰랐다. 어쩌면 카메라 같은 것. 남자는 계속 기명을 찍고 있는 것일까. 근래 세 번이나 날아온 주정차 위반 통지서 역시 남자가 신고한 탓일지도 몰랐다. 남자는 기명의 사소한 잘못을 죄다 들춰낼 작정인 모양이었다. 사람은 누구나 잘못을 저지르고 실수한다는 사실을 알게 하려고, 제 아들의 잘못을 그런 흔해 빠진 실수라고 우기려고.

사람은 그런 잘못을 저지르면 안 된다는 말 역시 기명이 남자에게 한 말이었다. 남자뿐 아니라 다른 가해자의 부모에게도 그렇게 말했다. 기명은 서슴없이 그들을 훈계했다. 아이가 다른 사람을 때리는 사람이 된 것이 그들 인생의 참

혹한 실패를 의미한다고 알려주었다. 특히 남자에게는 더 단호하게 굴었다. 그럴 만했다. 남자는 저런 부모니까 폭력적인 아이를 키워냈다고 짐작하게 하는 눈빛을 가지고 있었다. 다른 가해자 부모가 말끔한 차림으로 정중하고 간절한 태도를 취한 데 반해 남자는 땀에 전 머리 냄새를 풍기며 가장 늦게 나타나서는 자신의 아이 역시 피해자라고 우겼다.

아이의 고통을 생각하면 언제라도 분노가 치밀었지만, 기명은 관용을 포기하지 않았다. 연루된 가해자들을 폭력의 경중에 따라 나눴다. 뒤에서 지켜보기만 했던 아이들이 여럿 있었다. 방관도 범죄지만 그래도 아이들에게 반성의 기회를 주기로 했다. 잘못한 일에 합당한 처벌과 징계를 내리는 행동이 어른의 일이지만, 진심으로 잘못을 반성하면 다시 기회를 얻을 수 있음을 알려주는 것도 어른의 몫이니까. 기명은 그렇게 했다. 아이들의 미래를 아예 모른 척하지 않았다. 피해자의 부모로서 정당한 처벌을 요구함과 동시에 사회의 어른으로서 관용과 용서를 보여줬다. 어른의 호의를 경험한 아이는 다른 사람에게 호의를 베푸는 사람이 되리라 믿었다. 아이는 여전히 힘들어했고 아내 역시 기명의 처사에 반대했지만, 기명은 가해자의 처벌 수위와 피해 보상 여부에 차등을 뒀다.

가장 높은 수위의 처벌을 받고 가장 많은 피해 보상금을 물게 된 아이가 있었다. 남자의 아들이었다. 달리 말하면 기명의 아이는 남자의 아이에게 가장 많이 두들겨맞았다. 정확히는 남자의 아이만 기명의 아이를 때렸다. 다른 아이들은 두 아이를 에워싸고 구경했다. 그애들은 말리지 않았다. 안타까워하지도 않았다. 그애들이 악랄하게 지껄인 말을 기명은 평생 잊을 수 없을 것이다. 남자의 아이가 기명의 아이를 때린 사실은 더더욱 잊을 수 없었다. 그애는 기명의 아이와 줄곧 어울리던 친구였음에도 물리적 폭력을 가하고 심리적 상해를 입혔다. 절대 용서하지 말아야 할 딱 한 사람이 있다면 바로 그애였다.

사무실로 들어온 기명에게 동료들이 다가와 "이제 본색을 드러낸 거야?" 하고 물었다. 누군가 출근길에 두 사람이 함께 있는 것을 보고 얘기한 모양이었다. 그 남자가 누구냐고 묻는 후배에게 기명은 아이를 때린 가해자의 부모라고 대답해주었다.

"그런 주제에 저러는 거예요?"

어이없어하는 동료들과 함께 기명은 남자를 욕했지만 얼

마 지나지 않아 기분이 나빠졌고 굳은 얼굴로 입을 다물었다. 동료들은 눈치를 보며 기명에게서 멀어졌다. 이제 더이상 그 문제로 훈수를 두거나 농담할 수 없음을 깨달았으리라.

　퇴근길에 기명은 지하 주차장을 통해 건물 뒤쪽으로 빠져나와 도로를 건넜다. 건물 정문 옆쪽에 시설물처럼 잠자코 서 있는 남자의 뒷모습이 금방 눈에 들어왔다. 기명은 남자가 자신을 언제까지 기다릴지, 자신을 놓친 걸 알면 어떻게 할지 지켜볼 작정이었다. 실망스럽게도 남자는 오래 기다리지 않았다. 한 무리의 퇴근길 인파가 쏟아져나오자 어디론가―아마도 기명의 사무실로―전화를 걸었고 짧은 통화를 마친 후 천천히 지하철역 쪽으로 갔다.

　그간 남자는 몇 번이나 자신을 놓쳤을까. 기명은 남자와 같은 방향으로 걸으며 생각했다. 자신은 정해진 일과를 벗어난 적이 별로 없었고 남자가 자신을 따라다니는 것을 알고 난 후에도 지하철역 입구를 바꾸거나 내려야 할 역을 지나치거나 먼길로 돌아가지 않았다. 경계는 했지만 크게 두려워할 일은 아니라고 생각해서였다. 남자가 자신에게 해를 가한다면 그것은 이유 없는 폭행이지 보복은 아니라고 확신했다. 자신은 누군가에게 원한을 살 만한 사람이 아니었으니까. 노골적인 혐오나 경멸, 고성과 주먹질이 오가는 싸움 같은 건 모두 남의 일이었다.

어깨가 안으로 말리고 등이 구부정한 남자는 기명의 집 쪽으로 가는 지하철을 탔다. 기명은 서둘러 남자와 다른 칸에 올라탔다.

역에서 내린 남자는 기명이 사는 아파트 단지 쪽으로 걸음을 옮겼다. 본래 남자가 살던 곳이기도 했다. 그 일이 있을 때만 해도 남자는 단지 가장 안쪽의 임대동에 살았는데 지금은 어디에 사는지 알 수 없었다. 남자의 아이가 퇴학당한 후 이사를 갔다고 들었다. 아내 없이 혼자 아이를 키우는 남자가 왜 생업을 팽개치고 내내 자신을 따라다니는 걸까.

기명은 남자의 아이만큼은 퇴학을 피할 수 없다고 주장했다. 다른 아이들이 그애를 둘러싸고는 기명의 아이를 때리라고 협박했다는 것과 그애가 기명의 아이를 때리지 않자 아이들이 그애를 때린 것을 알고 있었지만, 어쨌든 직접적으로 폭행을 저지른 사람은 그애였기 때문이었다.

기명은 가해자 처벌에 차등을 두며 어떤 아이는 적당히 봐줬다. 아이 때문이 아니라 아이의 행동을 교정하고자 애쓰는 부모가 용서받을 만해서였다. 그들은 점잖았고 아이를 개도할 의지가 분명했으며 그럴 만한 사회적 조건을 갖추고 있었다.

  남자가 기명이 사는 동 가까이 다가갔다. 기명은 멈춰 섰다. 더는 몸을 움직일 수 없었다. 멈춰 서는 것만으로도 남자로부터 슬금슬금 멀어지는 꼴이 됐다. 그럼에도 기명은 더 멀어지기 위해, 거리를 벌리려고 몸을 돌려 반대 방향으로 내달리듯 걸었다. 검은 그림자가 길게 뒤따랐지만 기명은 한사코 돌아보지 않았다.

깊고 검은 구멍

이번주에 수리한 우산은 세 개. 요즘 같은 때 누가 우산을 고쳐 쓰나 싶지만, 누구에게나 애착 가는 물건이 있는 법이고 그게 우산인 경우도 있어서 누군가는 망가진 우산을 고치려 든다. 자주 있는 일은 아니다. 지루한 장마가 이어지다가 잠시 발뺌하듯 날이 갤 때, 간혹 우산을 고쳐달라는 손님이 온다. 그런 날이면 구두 수선을 맡기러 오는 손님도 조금 는다. 그래서 이번주에 수리한 구두는 모두 다섯 켤레.

대개의 사람들은 우산이 망가지면 그냥 버린다. 예전처럼 구두를 고쳐가며 신는 사람도 적다. 기껏해야 밑창 교체나 굽 수선이 전부다. 찾는 사람이 많지 않다보니 구둣방에서 혼자 시간을 보내다시피 한다. 부스 형태의 작은 가게 안에는 수선에 필요한 부자재들과 몇 달이 지나도 도통 찾으러 오지 않는 수선 끝난 구두가 쌓여 있다. 급하다며 맡겨놓고 찾아가지 않는 구두들 사이에 앉아 있노라면 신발 없이 걸어다니는 사람들을 상상하게 되고, 사람이란 두 발을 움직여 이동하는 동물이라고 새삼 주장하고 싶어진다.

그렇기는 해도 사람이 발만 움직여대는 동물은 아니다. 발만큼이나 이도 움직인다. 음식물을 소화하기 용이한 형태로 변환시키려고 저작 운동을 하지만, 누군가를 증오하며 이를 갈거나 특별한 목적 없이 껌을 씹는 일로 이를 움직이기도 한다. 그러다보니 구두굽이 닳는 것처럼 이가 닳는다. 구두가 닳으면 굽이나 비브람을 덧대어 수명을 연장하듯, 이가 닳으면 크라운을 씌우거나 마우스피스를 착용해 마모를 막는다. 수선할 수 없다면 구두를 새로 사듯이 종내는 이도 갈아끼워야 한다.

얼핏 속성이 같아 보이지만 이와 구두가 같을 리 없다. 이는 이고 구두는 구두다. 싫증이 나면 새로 살 수 있는 구두와 달리 이는 싫증이 난다고, 보기 싫을 정도로 누렇거나 치열이 들쑥날쑥하다고 언제든 새로 살 수 있는 게 아니다. 부분 교정은 가능하지만 근본적인 것은 바꾸지 못한다. 유치와 결별하고 나면 그 자리에 난 영구치로 남은 평생을 살 각오를 해야 한다.

그런 점에서 구두란 얼마나 편리한가. 대충 신다가 마음에 안 들면 버려도 되고, 수선을 맡겨놓고 찾지 않아도 다른 신발을 구해서 신으면 그만이다.

구두가 없는 사람은 거의 없지만 그에 비해 금니를 가진 사람은 적다. 아무래도 금니니까. 미용 때문이기도 하고 비용 때문이기도 하다. 금니를 하려면 돈이 든다. 하지만 금이므로 가치는 불변하고 언제든 현금화할 수 있다. 치료 목적으로 제거한 금니를 되팔면 많지는 않아도 돈이 된다. 경우에 따라 금값이 오르면 치료비의 상당 부분이 회수되기도 한다. 바로 그 이유로 사람들이 언제 어디서나 금니를 내다팔 수 있도록 금니를 매집하는 사람들이 생겨났다. 바로 나 같은 사람. 그렇게 해서 이번주에 매집한 금니는 모두 쉰 개.

구둣방 유리문에는 구 두 수 선 광 택 창 갈 이 염 색 우 산 작 크라는 문구가 적혀 있고 그 옆에 금이빨삽니다라고 붉은 글씨로 적힌 아크릴판이 붙어 있다. 앉아서 금니 매입을 할 수 있다는 건 문방구 사장 문씨가 알려줬다. 문씨는 문방구

여닫이 유리문에 크게 금니 매입 간판을 붙여두고 동네에서 처음으로 그 일을 시작했다.

  하지만 얼마 지나지 않아 문방구를 폐업하게 됐다. 과일 가게 소씨는 금이빨 산다는 문구가 무서워서 문방구 주요 고객인 아이들이 오지 않았으리라고 한마디했다. 문씨는 어차피 문방구는 부모가 와야 돈이 되는 물건을 산다고 대꾸했다. 소씨는 부모라고 해도 그런 말이 꺼림칙하기는 마찬가지라고 응수했다.

  "금니 때문이 아니라 쿠팡 때문에 망했어요."

  문씨가 말했다.

  "요새는 준비물을 다 거기서 사요."

  문씨는 침울한 표정으로 내게 아크릴 간판을 넘겨주었다. 소씨는 고개를 절레절레 저었기 때문이다. 문방구 인근 분식집이나 정육점 사장도 모두 금니 매집 권유를 거절했다.

  "무슨 혐오시설도 아니고."

  문씨가 성의를 무시한다며 서운해했다. 그렇다면 예의상 나라도, 하는 심정으로 금니 매집 간판을 넘겨받았다. 어차피 구둣방에는 어른들만 오니까. 하지만 오래 지나지 않아 모두들 간판을 거절한 이유를 알게 되었다. 구둣방에서 금니를 매집한다는 걸 신기하게 여기며 이런저런 질문을 해대는 사람은 많아도 금니를 팔겠다고 가져오는 사람은 거의 없었다.

무엇보다 금니를 가졌다고 해서 누구나 내다파는 것은 아니다. 치과 치료 과정에서 불가피하게 떼어내는 게 아니라면 대개는 신체의 일부로 여기고 그대로 사용한다.

금니를 파는 건 금을 내다파는 것처럼 간단치가 않다. 치과에서 떼어낸 금니는 의료 폐기물 관리법에 따라 처리된다. 그에 따르면 치아 조각이나 피고름이 묻은 금니는 의료 폐기물로 분류된다. 의료 폐기물은 환자를 치료한 치과에서 처리하는 게 원칙이지만 적출물 인수 동의서를 작성하면 유치나 발치한 치아를 돌려받을 때처럼 환자가 돌려받을 수 있다. 그렇게 돌려받은 금니를 나 같은 사람에게 파는 것이다.

돈이 안 되기는 해도 금니 매집을 시작한 후 종종 사람들의 깊은 속을 들여다볼 일이 생겼다.

"이런 건 얼마나 해?"

얼마 전에는 소씨가 갑자기 얼굴을 가까이 들이밀고 물었다. 그러더니 입을 활짝 벌려 금니를 보여주었다. 자세히 보라고 재촉하듯 어깨를 툭툭 치기도 했다. 검은 입속의 붉은 목젖이 불안하게 덜렁거렸다. 나는 소씨가 어디까지 입을 벌리는지 보려고 잠자코 있었다. 눈치 빠른 소씨가 금세 입을 다물까봐 자세히 들여다보는 척 몸을 가까이 기울였다. 잘 안 보여서 대꾸가 늦어진다 여겼는지 소씨가 입을 좀더 크게 벌렸다. 나는 다시 한번 느긋이 소씨의 검은 입속을 들여다보았다. 입냄새가 났지만 얼굴을 찡그리지 않았다. 예의를 차릴 줄 알아야 사람인 것이다. 소씨도 마찬가지로 내게 예의를 차렸다. 구둣방에 들어올 때면 본드 냄새와 가죽 냄새, 뒤섞인 발냄새가 지독할 텐데도 얼굴을 찡그리는 법이 없었다.

"어마나 바드 수 이써?"

입을 벌린 채 묻고는 못 알아듣겠다 싶었는지─눈치껏 알아들었다─다시 물었다.

"얼마나 받겠어?"

"받기는. 돈이 좀 들겠어."

치아에 균열이 있어 보이니 상가 이층 치과에 가보라고 말해주려는데 소씨가 성급하게 다시 물었다.

"돈이 되는 게 아니고?"

"치킨 한 마리는 먹겠지."

"겨우 치킨? 내가 이에 금이 아니라 똥을 씌웠네. 금값이 아니라 똥값이야."

"치킨은 된다니까."

"똥을 모아다 얻다 쓴다고 이렇게 간판까지 걸었대?"

"똥도 모이면 태산이 되잖아."

"태산은 무슨. 그래 봤자 똥이지. 티끌은 티끌이고 태산은 태산, 똥은 똥이고 금은 금. 그건 양의 문제가 아니야. 태생의 문제라고."

소씨가 말했다. 맞는 말이었다. 아무리 허튼소리를 많이 하는 사람도 간혹 진실을 간파해내는데, 소씨는 이십 년 넘게 한 우물을 팔 만큼 성실한데다 허튼 말도 별로 않는 사람이었다. 한 우물만 판 덕에 소씨는 눈으로 쓱 보기만 해도 과일의 산지와 당도를 짐작하는 수준에 이르렀다. 그건 일종의 투시력 같은 것이다. 겉을 보고 속을 간파해내는 기술이니까. 그렇다고 해도 모든 걸 다 투시하는 건 아니다. 간혹 소씨가 맛있을 테니 먹어보라고 준 사과에서 아무 맛도 느껴지지 않을 때가 있듯이 말이다. 보지 않고 속을 완전히 알 수는 없는 법이다.

소씨 말대로 티끌은 티끌이고 태산은 태산이지만, 그리하여 티끌이 태산이 되기는 어렵지만 그 반대 경우는 비일비재하다. 태산이 티끌이 되는 것 말이다. 치료 당시 고가였던 크라운 가격이 되팔 때는 거저나 다름없는 것만 봐도 그렇다. 그래서인지 좀처럼 금니를 팔겠다고 가져오는 사람이 없었다. 문방구 문씨가 괜히 망한 게 아니라는 생각에 금니 매입 간판을 떼어버릴까 싶기도 했다.

그런 생각을 할 즈음 남자가 나타났다. 비가 세차게 내리는 날이었는데, 커다란 우산을 쓴 사람이 구둣방 쪽으로 걸어왔다. 남자는 가게 밖에서 우산을 접고 빗물이 떨어지지 않도록 조심하며 안으로 들어섰다. 이처럼 예의를 차리는 사람을 보니 마음이 약해졌다. 남자가 수선 요금을 깎아달라고 하면 선뜻 들어줄 수도 있을 것 같았다.

남자에게서 소독약 냄새가 났다. 가뜩이나 비가 와서 가게 안에 고인 각종 냄새가 지독해졌는데 남자의 소독약 냄새는 그 모두를 압도했다. 냄새가 하도 진해서 남자를 보고 찡그리지 않도록 주의해야 할 정도였다.

남자는 재킷에 맺혀 있던 빗방울이 바닥으로 떨어지자 미안하다고 사과까지 했다. 아무리 무례한 손님이라도 반길 만큼 한가한 날이었는데 이토록 공손한 손님이라니. 나는 그에게 냉큼 의자를 내줬다.

"구두를 닦으려고요."

남자가 말했다. 농담이라고 생각했다. 우산 외에 다른 소지품이 없는 것으로 보아 지금 신고 있는 구두를 닦겠다는 뜻이었기 때문이다. 날씨가 어떻든 구두를 닦을 수야 있지만 신고 있는 구두를 닦고 다시 폭우가 쏟아지는 거리로 나서기에 적당한 날이 아닌 건 틀림없었다. 구두에 흙이라도 묻었나 싶었지만 그것도 아니었다. 흙이 묻었다고 해도 저절로 씻길 정도로 빗줄기가 굵었다. 내가 의아해하는 걸 의식했는지 남자가 말했다.

"구두가 축축해서요. 방수 코팅이 되는 약이 있다고 들었습니다."

"방수 크림이 있기는 해요."

"부탁합니다."

크림을 바른다고 해도 이 정도의 비라면 속수무책으로 젖을 수밖에 없다는 말을 꺼내기도 전에 남자는 구두를 벗고 가게에 비치된 지압 슬리퍼로 갈아 신었다. 지압 슬리퍼를 신고 작은 의자에 앉으면 사람들은 체격이나 인상에 상관없이 하나같이 얌전하고 수줍어 보였다. 남자는 지압 슬리퍼와 작은 의자 때문이라기보다 천성적으로 수줍음을 타고난 듯 표정이 온화했다.

남자가 내민 구두 밑창에는 명품 브랜드 로고가 새겨져 있었다. 구두는 굽도 깎이지 않고 주름도 거의 없었다. 물기가 마르면서 얼룩이 남을 수는 있겠지만, 젖은 것을 제외하면 손볼 데 없는 구두였다. 서랍에서 방수 크림을 꺼내자 남자가 조심스럽게 입을 열었다.

"금이빨 삽니까?"

"금니가 있습니까?"

순전히 호기심 때문에 금니 매입에 대해 묻는 사람이 많아서 기계적으로 되물었다. 남자는 부끄러운 짓을 했다는 듯 미소를 지었다. 그러고는 바지 주머니에 손을 넣어 주섬주섬 뭔가를 꺼냈다. 남자는 내게 조바심을 느끼게 하려는 듯 천천히 움직였다. 나는 손길을 멈추고 남자를 쳐다보았다. 남자가 내민 건 여러 번 접어 작게 뭉쳐진 손수건이었다. 붉은 얼룩이 군데군데 묻어 있는 손수건.

잠시 후 그가 손수건을 펼쳤다. 나는 처음에는 얼떨떨했지만 이내 그 위에 놓인 게 무엇인지 깨달았다. 그는 즉각 관심을 끌 방법이 뭔지 안다는 듯 작은 소리로 금니의 개수를 세고는 조금 더 가까이 들이밀었다.

"이런 것도 삽니까?"

남자가 부드럽게 물었다. 잠시만 보아도 남자가 왜 '이런 것'이라고 표현했는지 알 수 있었다. 금니 매도자들은 보통 이에 덧씌운 크라운만 가지고 오기 마련인데, 남자가 가져온 것 중에는 뿌리가 뽑힌 이도 있었다. 거기에는 잇몸의 일부임이 분명한 살점이 붙어 있었다.

나는 예의를 차리기 위해 얼굴을 찌푸리지 않고 남자가 건넨 금니 뭉치를 받았다. 핏빛이 도는 분홍 살점과 날카로운 이뿌리가 불길했지만 누런빛의 금은 지나칠 정도로 매혹적이었다. 시금석에 금니를 문지른 뒤 시약을 묻혀 확인해보니 모두 금이 맞았다. 무게를 재고는 남자에게 저울의 눈금을 보여주었다. 눈금대로 가격을 매기는 것은 아니고 일부를 제할 수밖에 없음을 이해시키기 위해 이에 붙은 살점을 가리켰다.

"마땅한 계산입니다."

남자는 애당초 흥정할 생각이 없다는 듯 흔쾌했다. 덕분에 다른 어느 때보다 무게를 많이 차감하고도 어떤 항의도 받지 않았다. 방수 크림 바른 구두를 신고 다시 빗속으로 나간 남자는 공손히 인사를 하고 모퉁이를 돌아 사라졌다.

다음날 폐금 수거업체 담당자를 불러 금니를 건네자 담당자는 반색하며 치과를 뚫었느냐고 물었다. 나는 그제야 남자에게서 나던 독한 소독약 냄새를 납득했다. 무엇보다 금니가 어디서 왔는지도 깨달았다. 폐기물로 처리해야 마땅한 적출물을 빼돌린 것이다. 아마도 돈이 필요해졌겠지. 투자에 실수가 생겼을 것이다. 가진 것이 없어서가 아니라 가진 것을 불리려다 주식이나 코인, 부동산의 폭락을 경험했을 것이다. 아닐 수도 있었다. 실패를 보완하기 위해서가 아니라 성공을 가속화하기 위해 목돈이 필요해졌을 수도 있었다. 한강이 보이는 아파트로 이사가거나 미국으로 유학 간 아이를 상급학교에 보내기 위해 말이다.

남자는 삼 일 뒤 또 왔다. 날이 맑아서인지 손님이 간간이 이어지던 날이었다. 이번에도 남자는 말끔한 차림으로 짙은 소독약 냄새를 풍기며 고개를 디밀었다. 구두 수선이 끝나기를 기다리며 가게 의자에 앉아 있던 손님이 소독약 냄새에 눈살을 찌푸릴 정도였다. 나는 남자에게 가게 안에 들어와 기다리라며 의자를 내주었다. 남자는 점잖게 사양했다. 나는 남자가 그대로 가버릴까봐 조바심이 나서 앞선 손님의 구두에 거칠게 못질을 했다.

 구두 수선을 마친 손님이 나가자 남자는 가게로 들어와 작은 의자에 앉았다. 이번에는 공연히 시간을 끌지 않고 바로 재킷 주머니에서 손수건을 꺼냈다. 처음과 달리 나는 손수건에 묻은 붉은 얼룩이 피라는 것을 알고 있었다. 그런데도 손수건에서 나는 피 냄새나 남자에게서 풍기는 진한 소독약 냄새가 조금도 거슬리지 않았다. 예의를 차리고자 모른 척한 것이 아니라 정말로 아무렇지 않았다.

 남자가 내민 금니는 지난번보다 개수가 조금 더 많았다. 첫 거래는 그저 탐색이었고 이번이 본격적이다 싶을 정도였다. 남자는 더는 그럴 필요가 없는데도 삼 일 전과 마찬가지로 손수건을 펼치고 금니를 일일이 셌다. 아무래도 엄청나게 환자가 붐비는 치과인 듯했다. 먼젓번보다 잇몸이 붙은 이가 더 많았다. 뿌리만 깔끔하게 뽑아내기란 쉽지 않은지 손으로 우악스럽게 뜯어낸 모양새였다.

 그후로는 남자가 오기만을 기다리게 됐다. 그에게 금니를 사는 건 횡재나 다름없었다. 우산을 고치거나 구두를 수선하고 운동화를 꿰매는 것과는 비교할 수 없을 정도로 이문이 남았다. 양이 많기도 했거니와 남자가 무게에 대해 전혀 항의하지 않았기 때문이다. 남자는 저울을 의심하며 나를 도둑 취급하는 다른 금니 매도자들과 달랐다. 불순물을 탓하며 저울에 표기된 숫자를 깎는 일을 당연하다는 듯 수긍했다.

하지만 인생의 저울은 계속 행운 쪽으로만 기울지 않았다. 갑자기 엉뚱한 곳에서 문제가 불거졌다. 하도 금니를 만져대서인지 잠자코 있던 치통이 몇 해 만에 다시 시작된 것이다. 처음에는 그저 피곤해서 그러려니 했지만 여러 날이 지나도록 통증이 가시지 않았다. 틈만 나면 입을 크게 벌리고 거울을 들여다봤다. 한참 그러고 있자니 치아에 난 검은 구멍이 보이는 듯했다. 거기에 꿈틀거리는 벌레가 있을 것만 같았다. 벌레는 본래 이렇게 검고 좁은 구멍에 몸을 숨기고 있다가 기회를 봐서 더 검고 좁은 틈으로 파고드니까.

참을 수 없는 지경에 이르러 할 수 없이 상가 이층의 치과에 갔다. 입속을 들여다보던 의사는 이것저것 입에 넣어 촬영을 하더니 내게 모니터를 보라고 했다. 모니터에는 엑스레이 사진이 떠 있었다. 나는 조금 놀랐다. 사진에는 나사처럼 긴 뿌리를 드러낸 이가 일렬로 늘어서 있었는데 꼭 해골처럼 보였다. 죽은 내 몸을 들여다보는 기분이었다.

"그동안 어떻게 참으셨어요."

의사가 치아 보철의 방법과 종류에 대해 설명했다. 크라운, 브리지, 포세린, 인레이. 재질에 따른 가격과 효능의 차이도 길게 설명했는데, 나로서는 이미 마음을 정한 터였다. 금니를 매입하는 사람으로 당연히 내게는 금니가 있어야 했다.

치료를 받은 후 혀로 살살 금니를 쓸어보는 버릇이 생겼다. 뜻밖에 차갑지 않았다. 매끄럽고 단단해서 안정감이 느껴졌다. 이제는 거울을 봐도 시커먼 구멍이나 틈이 보이지 않았다.

소씨가 오랜만에 구둣방에 왔을 때도 나는 혀로 금니를 쓸어보고 있었다. 소씨는 침울한 얼굴로 문씨 소식을 전했다. 빚 때문에 문방구를 접고 얼마 뒤 받은 검진에서 치료가 어려운 질환이 발견되었다는 얘기였다. 나는 문씨 걱정을 하는 대신 문씨가 놓친 금니의 행운을 떠올렸다. 소씨에게 문씨가 그때부터 재수가 없었던 것이라고 말했다. 그러고는 입을 벌려 새로 해 넣은 금니를 보여줬다.

"쓰다가 팔면 되겠네."

소씨가 딱딱하게 말했다.

"치킨값은 받겠지."

소씨가 예의를 차리지 않고 덧붙였다. 나는 웃어넘기려 했다.

"금니를 하니 든든한가봐?"

소씨가 이기죽거렸다. 이번에도 웃어넘기려 했지만 그러지 못했다. 소씨가 잠자코 구둣방을 나가버렸기 때문이었다.

소씨가 가고 얼마 지나지 않아 남자가 왔다. 그는 예의 피묻은 손수건을 펼쳐 금니를 보여주었다. 불현듯 남자가 발길을 끊으면 나 역시 문씨와 같은 처지가 될지도 모른다는 두려움이 일었다. 남자에게는 얼마든지 다른 매입처가 있을 것이다.

남자에게 친밀감을 표하고 싶어서 씩 웃으며 안부를 물었다. 남자가 반색하며 나를 쳐다봤다.

"금니를 하셨네요?"

나는 고개를 끄덕이며 덧붙였다.

"늘 말썽이었거든요. 덕분입니다."

그것으로 인사가 됐다고 생각했다. 고맙다는 표현 방식은 사람마다 다를 테니까. 뒤이어 갑작스러운 깨달음이 왔다. 그간 나와 남자의 거래가 자못 불균형했다 싶었던 것이다. 남자가 내게 건넨 수많은 금니에 정당한 대가를 지불하지 않은 기분이었다. 금 무게를 박하게 재왔기 때문이 아니었다. 남자에게 운영하는 치과가 어디인지 물었어야 했다. 치통을 상의하고 치료를 받아야 마땅했다. 그 생각이 들자 남자와의 관계에서 주도권을 완전히 빼앗긴 기분이었다. 남자는 개의치 않는다는 듯 흡족한 표정으로 말했다.

"역시 금이 있어야 해요. 그건 변하지 않으니까요."

나는 남자의 생각에 동의했다. 모든 게 다 변해가는 세상 속에서 금만은 변치 않으니까. 하지만 그렇지 않다는 것도 나는 이미 잘 알았다. 아무리 금니라도 충치가 심해지거나 잇몸이 상하면 크라운을 벗겨내고 다른 것으로 교체해야 했다. 본질이 같다고 가치가 여전한 것도 아니었다. 금값은 세계정세에 따라 들쑥날쑥 달라졌다.

집으로 돌아가는 내내 혀로 금니를 쓸었다. 쩝쩝대는 소리가 불쾌했는지 횡단보도 앞에 나란히 서 있던 사람이 옆으로 물러서며 거리를 뒀다. 그 사람을 힐끔 쳐다보는데 커다란 외제 차가 속도를 줄이더니 인도 쪽으로 와서 창문을 내렸다. 운전석에 앉은 사람이 조수석 창으로 몸을 기울여 큰 소리로 나를 불렀다.

"사장님, 타세요."

남자였다.

"뒤에서 기다립니다. 얼른 타세요."

뒤차가 기다렸다는 듯 경적을 울렸다. 내가 타지 않겠다고 실랑이를 하는 게 교통법규에 어긋나는 일인 양 생각될 정도였다. 나는 급하게 차에 올라탔다.

"가시는 곳이 어디죠?"

남자가 물었다.

"지하철역 앞에 내려주시면 됩니다."

정차한 택시들로 지하철역 인근이 붐비자 남자가 다음 목적지를 물었다. 할 수 없이 나는 집 근처 역 이름을 댔다. 남자가 마침 자신이 지나는 길이라며 그리로 가자고 했다.

차는 시내를 벗어나 간선도로로 올라섰다. 택시를 타면 단축 노선을 택하는 기사들이 종종 이용하는 길이었다. 정체 구간에 이르자 남자가 종일 고생했다며 음료를 내밀었다. 비타민 음료였다. 나는 바로 뚜껑을 땄다.

눈을 떴을 때 주위는 완전히 깜깜했다. 아무것도 보이지 않았으나 익숙한 냄새가 났다. 그 때문에 처음에는 집에서 자다가 깨어난 것이라 여겼다. 다른 생각을 하기는 어려웠다. 뒤척이는 소리를 내자 불이 켜졌다. 발소리가 들렸는데 불현듯 남자일지도 모른다는 생각이 들었다.

남자가 금니를 건네고 나간 건 네시 반 무렵, 도로에서 나와 마주친 건 일곱시쯤이었다. 그때 나는 남자에게 금니를 파는 일 외에 다른 용무가 있어서 계속 동네에 머무른 모양이라고 대수롭지 않게 여겼다. 어두운 곳에서 눈을 뜨고서야 남자가 치과의사라면 근무중이어야 할 시간에 왜 금니를 팔러 다닐까 하는 데에 생각이 미쳤다. 고용 의사를 두어서 쉽게 자리를 비울 수 있는 걸까. 그간 고용 의사가 뽑은 치아를 빼돌려온 것일까.

"피곤하셨나봐요. 오래 주무시네."

낯익은 실루엣의 남자가 뒷짐을 지고 내 얼굴을 들여다보고 있었다. 남자는 장난스러운 표정으로 가까이 오더니 부드럽게 내 하악골을 잡았다.

그제야 익숙하다 여긴 냄새가 실은 소독약 냄새라는 걸 깨달았다. 그에게는 용량을 초과해 살균제를 써야 할 이유가 있었을 것이다. 말하자면 혈흔이나 피 냄새를 제거하기 위해서 말이다. 어떻게 발생한 혈흔인지 생각하자니 입을 다물고 싶어졌다. 하지만 그럴 수 없었다. 남자가 내 턱을 잡은 손에 차츰 힘을 주었기 때문이다. 남자가 힘을 줄수록

입이 벌어졌다. 다행이라면 벌어진 입으로 보이는 구멍이 검고 깊어서 금이 잘 보이지 않으리라는 점이었다.

그게 유일한 위안거리였다.

그것만 생각해

계단을 다 내려왔을 때 유진은 무슨 일인가 생겼음을 직감했다. 순식간에 벌어진 일이었다. 발을 헛디뎠고 뭔가 부러지는 듯한 소리가 났다. 옆에 서 있던 한수가 뒤늦게 유진을 붙잡았다.

유진은 괜찮다고 했지만 걸음을 내딛자 즉각 심한 통증이 밀려왔다. 몸이 내리꽂히는 불쾌한 기분과 함께 바닥에 주저앉았다. 그러자 더는 서 있지 않아도 된다는 데서 오히려 안도감이 느껴졌다.

곧장 시내에 있는 정형외과를 찾았다. 의사는 결과가 빤하다는 듯 지루한 표정으로 화면 속 한 부분을 가리키며, 약

팔 주간 깁스를 하고 되도록 움직이지 말아야 한다고 경고했다. 뼈에 금이 가면서 발목이 부어올랐는데, 만약 뼈가 더 손상될 경우 당장 철심을 박아넣는 수술을 해야 한다는 것이었다. 유진의 섣부른 모든 움직임은 뼈의 손상을 가속화할 것이라고도 했다.

"그 수술은 한 번으로 끝나지 않아요."

그렇게도 말했다. 훗날 철심을 제거하는 수술도 해야 한다면서. 이전에 골절 수술을 받아본 적 있는 한수가 고통을 상기하듯 인상을 찌푸렸다. 한수는 수술 후에 꼬박 이십사 시간을 좁은 침대에서 자세를 고정하고 누워 있어야 했다. 척수 마취의 후유증으로 몸을 일으키면 번개가 내리꽂히는 듯한 두통이 느껴져서였다.

한수는 최대한 의사의 지시를 따르자고 했다. 유진도 그럴 작정이었지만, 문제는 이곳이 휴가지라는 데 있었다. 저녁식사를 하러 주차장으로 내려가는 길에 그 일이 벌어진 것이었다.

한수와 유진은 한참 얘기를 나눴다. 서울로 돌아갈지, 불편을 감수하고라도 예정된 일정을 마칠지에 대해서. 의견이 갈렸다. 유진은 남겠다고 했고 한수는 곧장 돌아가야 한다고 맞섰다. 유진은 휴가였지만 한수는 출장이었다. 이틀 정도를 제외하면 줄곧 업체 방문이나 회의가 예정되어 있었다. 어느 날은 오후에, 어느 날은 종일 일정이 있었다. 일정이 없는 날은 함께 다니고 그렇지 않은 날은 유진 혼자 주변을 둘러볼 생각으로 동행했다. 그런 식이 아니라면 한수가 따로 여행을 위한 시간을 내기는 불가능했다.

유진이 서울로 돌아간다면 한수는 유진을 서울에 데려다주고 다시 내려와야 할 것이다. 기차가 없는 곳이라 차로 꼬박 왕복 열 시간이 소요되는 먼 거리도 문제였지만, 업체 사람들과 회의 일정을 조율하는 게 더 큰일이었다. 그래야만 하는 사정을 설명해야 할 텐데 한수에게는 적당한 핑계가 없었다. 유진은 한수를 난처하게 하고 싶지 않았다. 일정을 변경하는 과정에서 동행이 있다는 게 알려지면, 동행이 가족이 아님이 알려지면, 분명 얘기가 나올 것이다.

혹시나 해서 병원에서 휠체어를 빌려왔으나 숙소 사장이 곤란한 표정을 지었다. 마룻바닥이 천연 소재라 흠집이 잘 생긴다고 했다. 이해할 수 있었다. 한번 손상되면 회복하기 어려운 건 어디에나 있는 법이니까.

바퀴를 굴릴 때 소음이나 진동이 생기는 것도 고려해야

했다. 건물은 객실 다섯 개가 나란히 붙어 있었다. 방에서 휠체어를 사용하면 옆방에 소음과 진동이 전해질 수도 있었다. 바닷가로 산책 갈 때라도 쓸 수 있지 않을까 싶었지만 경사가 급한 언덕을 내려가야 하는데다 몽돌 해안이라 바퀴를 굴릴 수 없을 것 같았다.

 보행은 어려워도 드라이브를 할 때만큼은 아무 일 없는 듯 느껴졌다. 방파제 끝까지 차를 몰고 가서 바람을 쐬었다. 테트라포드 위에서 바다낚시를 하는 남자들이 깁스를 한 채 한수에게 기대어 방파제에 서 있는 유진을 빤히 쳐다보았다. 그런 식으로 누군가 두 사람을 쳐다보면 유진은 가슴이 뛰었다. 아무렇지 않은 듯 다시 차로 돌아가 잠시 해안가를 따라 돈 후 저녁식사를 하러 갔다. 생선구이나 해산물 요리를 먹고 싶었는데, 식당 한 곳은 좌식 테이블뿐이었고 다른 곳은 단체 관광객이 몰려와 빈자리가 없었다. 유진이 차에서 기다리는 동안 한수가 간단한 식사를 포장해왔다.

 숙소에 머물 때는 주로 창 앞에 앉아 테라스 수영장에 이는 푸른 물결을 바라보았다. 한수가 일인용 소파를 창가로 가져다주었다. 깁스한 발을 올려두도록 발치에 식탁용 의자도 배치해두었다. 팔걸이에 베개를 두어서 편히 기댈 수도 있었다. 유진이 풀 빌라를 빌렸다고 했을 때 한수는 어른이 된 후 한 번도 수영장에 가본 적이 없다고 단조롭게 얘기했다. 유진은 그가 그렇게 말하리라고 짐작했다. 알맞은 선택은 아니었지만 꼭 한 번은 이렇게 쉬어보고 싶어서 고집을 부렸다.

유진은 이미 의사에게 여러 차례 휴식을 취하라는 권고를 받았는데 별일 아니라 여겨왔다. 프로젝트가 끝나기까지 제대로 쉬지 못한데다 승진 순위에서 밀리면서 스트레스가 심했다. 아침에 출근하면 매니저가 다가와 몸은 괜찮은지, 며칠 더 쉬는 게 어떤지 물었다. 유진이 지각을 하거나 정시에 출근하더라도 휴게실에서 조는 경우가 많았기 때문이었다. 유진은 입을 굳게 다물고 얼굴을 찌푸렸다. 제 몸에서 나는 냄새를 매니저가 알아차릴까봐서였다. 이제 더는 술을 마시지 않는데도 그랬다. 날마다 마시던 때가 있었고 여러 사람이 상담을 권한 적도 있었지만 지금은 괜찮아졌다. 다 지나간 일이었다.

한수도 유진에게 잘 아는 상담사를 추천했다. 용한 사람이야. 그렇게 말했다.

"용하다니, 무당도 아니고."

유진이 대꾸하자 한수는 그게 그렇지가 않다면서 상담사 편을 들었다. 현재의 문제는 모두 과거로부터 비롯되므로 과거로 돌아가 원인을 살피고 내상을 해결해야 하는데, 그런 점에서 상담사의 방법이 효과가 있다는 것이었다.
 "타임머신도 아니고 왜 과거로 가."
 웃음을 참지 않고 유진이 말했다. 유진은 한수의 말이 늘 재밌었다. 유진 역시 한수를 웃기고 싶었지만 웃는 건 언제나 유진뿐이었다. 언젠가 한수가 무표정한 얼굴로 유진더러 꼭 독일 사람처럼 웃는다고 말했다. 한수는 오랫동안 독일 자동차를 수입하는 회사에서 근무했고, 저 혼자 호탕하게 웃는 독일 본사 관리자와 날마다 전화통화를 하면서 독일 사람을 싫어하게 됐다. 유진은 독일 사람을 만나본 적 없고 독일에 가본 적도 없었지만 그 말을 들은 후로 독일 사람이 좋아졌다. 자신과 비슷하게 세상 모든 말을, 특히 한수의 말을 웃기게 듣는 것 같아서였다.
 "과거가 문제야. 우릴 끝없이 괴롭히니까."
 그게 한수 자신의 말인지 상담사의 말을 옮긴 것인지 알 수 없었다. 다만 유진은 그 일로 한수 역시 상담을 받은 적이 있음을 알게 되었으나, 왜 상담이 필요했는지, 언제 상담을 받았는지, 그래서 한수가 돌아간 과거가 어디인지는 듣지 못했다. 한수는 말수가 적었고 좀처럼 자신의 이야기를 먼저 꺼내지 않았다. 그럼에도 유진에게 상담을 권하기 위해 모처럼 길게 얘기를 이어나갔다.

한수가 참여한 상담은 명상 수업 형식으로 진행되었다. 선생은 참가자들을 의자에 눕듯이 앉게 한 다음 입을 조금 벌리고 천천히 숨을 내쉬라고 했다. 처음에는 머리로, 그리고 목구멍, 그다음에 흉추, 복부, 허벅지, 무릎 순으로 숨이 가닿는 자리를 바꾸면서 전신 호흡을 하게 했다. 한수는 의식하지 않으면 복식호흡도 못하는 처지여서 당연히 몸의 한 부위로 숨을 쉬라는 게 무슨 말인지 알아듣지 못했다.

선생은 의자에 앉아 능숙하게 시범을 보였다. 입을 살짝 벌리고 몸을 해파리처럼 늘어뜨린 다음 조금씩 숨을 들이마시고 내쉬었다. 한수는 따라 했다. 힘을 빼기 어려웠고 머리나 목구멍으로 숨을 쉰다는 게 뭔지도 알기 어려웠지만 여러 번 시도하자 흉내는 내는 듯한 기분이 들었다. 실제로 몸의 그 부위를 통해 숨을 들이마시고 내뱉으라는 게 아니라 숨이 닿는 감각을 느껴보라는 뜻 같았다. 선생은 교감신경과 부교감신경, 늑막과 횡격막 같은 말을 섞어 전신 호흡의 필요성을 설명해줬다. 한수는 유진이 그 상담을 받도록 설득시키지 못했지만 당시에는 스스로 그 방식을 납득했다고 믿었다.

"과거가 문제라면 다 틀린 것 아닐까. 과거는 이미 끝났고 바꿀 수 없으니까."

유진이 말했지만 한수는 그렇지 않다고 했다.

"과거는 끝나지 않아. 언제나 존재해. 네 말대로 고칠 수도 없고 되돌릴 수도 없으니 숨의 도움을 받는 거야."

유진은 고개를 끄덕였다. 숨을 쉬며 살라는 뜻이니까 영 틀린 얘기는 아니지 싶어서였다. 무엇보다 과거는 언제나 존재한다는 말에는 숙고할 것도 없이 동의할 수 있었다.

유진은 한수의 이야기를 듣는 걸 좋아했다. 말수 적은 한수도 간혹 끊어질 듯 느릿느릿 이야기를 늘어놓을 때가 있었다. 말이 멈추면 곧 이야기가 이어지는 것인지, 이대로 끝난 것인지, 그저 다음에 할말이 떠오르기를 기다리는 것인지 헷갈려서 유진은 대개 잠자코 있었다. 그러면 한수는 대꾸를 바라듯 시선을 유진에게로 옮기며 느리게 눈을 끔뻑였고 대화는 거기에서 어리둥절한 채로 끝나곤 했다. 한수와 자신에게 문제가 있다면 바로 그 점이라고 유진은 생각했다. 이야기를 나누다 마는 기분, 늘 뭔가를 남겨두는 기분.

다음날 한수는 업체 미팅을 나가기 전 유진이 테라스 선베드에 누울 수 있게 부축했다.

"덥지 않겠어? 여기는 화장실도 멀고……"

유진은 고개를 저었다. 한쪽 다리를 들고 벽을 짚어가며 한 발 뛰기를 하듯이 걸으면 될 것 같았다.

"일찍 올게."

한수는 점심식사를 포장해오겠다고 했다. 오래 안 걸릴 거야, 하고 덧붙였다. 그러고 보면 한수는 언제나 그렇게 말했다. 금방, 곧, 되도록 빨리. 좀처럼 구체적인 약속을 하지 않았다.

햇살은 따뜻했고 바람에서는 포근한 기운이 느껴졌다. 파나마모자로 얼굴을 가리고 까무룩 잠이 들었던 유진은 물속을 첨벙대는 소리에 잠이 깼다. 까르륵 웃는 소리도 들려왔다. 옆 객실의 숙박객이 테라스의 수영장에서 물놀이를 하는 모양이었다. 아직은 물이 차지 싶은데 그런 기색 없이 그저 즐거워하는 듯했다.

"들어와. 나랑 물속에 있자."

여자가 말했다.

"나는 헤엄도 못 치잖아."

남자가 대답했다.

수영장은 애초에 헤엄을 칠 만한 크기가 아니었다. 길이가 삼 미터, 너비가 이 미터쯤 될까. 깊이도 어린아이들이나 물장구를 치며 놀 수 있는 정도였다.

여자가 계속 남자에게 수영장으로 들어오라고 재촉했다. 남자는 싫다고 했다가 대꾸를 않기도 하더니 곧 물에 뛰어드는 소리가 났다.

"거봐, 얼마나 좋아."

여자가 웃었다. 두 사람은 이내 목소리를 낮춰 소곤거렸다. 유진은 깁스한 다리를 쭉 뻗고 한쪽 다리로 중심을 잡으려 애쓰며 상체를 벽 가까이 기울였다. 비스듬한 지붕 탓에 얼굴로 햇볕이 쏟아졌다. 소리는 여전히 잘 들리지 않았다. 유진은 다시 몸을 똑바로 세우고 잔물결이 이는 수영장 쪽으로 시선을 돌렸다.

"아, 잘하네?"

남자가 뭔가 했는지 여자가 감탄하듯 소리쳤다.

"한번 들어오니 시원해서 나가질 못하겠어."

남자가 말했다.

"난 조금 추워졌어."

그러고는 잠시 아무 소리도 들려오지 않다가 들뜬 목소리와 짧은 대화, 소곤거리는 소리와 낮은 웃음소리가 반복되었다.

유진은 그 소리를 들어보려 애쓰다가 눈을 찡그리고 바다를 바라보았다. 햇빛을 받아 빛나는 바다는 막무가내로 아름다웠다. 이런 걸 보며 영영 바닷가에서 살 수는 없을 것 같았다. 지나치게 아름다운 걸 보고 있으니 처음에 평화로웠던 마음이 점차 울적해졌다. 유진은 한수에게 배운 대로 숨을 내쉬어보았다. 숨이 닿는 자리를 이리저리 바꿔보려 했지만 옆 객실의 소리가 방해가 되었다.

커플은 여전히 풀에서 놀고 있었다. 웃음소리와 발로 물을 차는 소리가 났다. 말소리가 제대로 들리지 않을 때면 유진은 초조해졌다. 유진의 존재를 눈치채고 두 사람이 목소리를 줄인 듯해서였다. 아침에 한수가 나가면서 "잘 다녀올게" 하고 말하는 것을 들었는지도 몰랐다. 숙소 사장이 휠체어 사용을 금지한 것은 바닥재 때문이기도 하겠지만 방음에 문제가 있어서일 것이다.

"그런 거 아니야."

갑자기 남자 목소리가 크게 들려왔다.

"그게 아니면 뭐야?"

여자도 지지 않았다.

"다 말할 수는 없잖아."

남자가 화난 투로 맞섰다.

그런 순간이 있지. 유진은 둘의 대화를 들으며 비로소 조금 마음을 놓았다. 어떤 관계든 힘든 순간이 있기 마련이다. 볕이 따스한 수영장에서도 얼마 지나면 한기를 느끼는 것처럼. 유진과 한수만 위기를 겪는 건 아니었다.

어쩌면 그날 한수는 유진을 못 보았는지도 몰랐다. 아직 유진의 다리가 괜찮았을 때였다. 한수는 회의를 하러 갔고 오후에나 끝날 예정이라고 했다. 유진은 혼자 택시를 타고 송림이 근사하다는 해변으로 갔다.

택시에서 막 내렸을 때 근처 식당에서 한수가 나오는 걸 봤다. 그는 일행과 한담을 나누며 식당 입구에 서 있었다. 주차장에 한수의 차가 없는 것으로 보아 일행의 차를 타고 이동한 모양이었다. 유진은 한수와 그 일행을 보며 엉거주춤 서 있었다. 피할 곳이 없었고 해변으로 가려면 그들을 지나쳐야 했다. 방향을 바꿔 돌아가는 게 낫지 싶었는데 유진의 결정이 조금 늦었다. 한수가 자신을 쳐다보는 게 느껴졌다. 한수의 얼굴에는 아무런 표정이 보이지 않았다. 반기는 기색도 아니었고, 유진이 알은체하지 않기를 바라는 곤혹스러운 표정도 아니었다. 아예 유진이 누구인지 모르는 듯 보일 지경이었다. 유진이 머뭇거리는 동안 한수는 태연히 고개를 돌려 일행과 함께 차에 올라 그 자리를 떠났다.

유진은 송림 사이를 오랫동안 걷다가 돌아왔다. 시간을 끌면 무엇이든 바뀌어 있을지 모른다는 기대감으로 되도록 천천히 움직였다. 유진이 숙소로 돌아왔을 때는 일을 마친 한수가 먼저 와 있었다. 객실 문을 열고 들어오는 유진을 보자 한수는 천천히 몸을 일으키더니 무언가 할말이 있는 표정으로, 이르지만 지금 저녁을 먹으러 가지 않겠느냐고 물었다.

"안 될 거 없지."

유진은 긴장한 채로 대답했다. 그리고 숙소 주차장 쪽으로 내려가다가 계단에서 발이 어긋나버린 것이었다.

"그러면 널 어떻게 믿어?"

벽 너머에서 여자의 목소리가 들려왔다.

"우린 지금 휴가를 보내고 있잖아. 그것만 생각해."

활기를 찾으려 애쓰는 투로 남자가 말했다.

얼마간 물이 찰랑거리는 소리만 들렸다. 그들은 아무 말이 없었다. 유진은 그들이 작은 풀에서 서로를 다정하게 껴안고 있기 때문이라고 상상했다.

계절보다 이르게 기온이 오르며 차츰 선베드가 뜨거워졌다. 더위는 괜찮았다. 다만 갈증은 참기 힘들었다. 점심시간이 꽤 지났는데 한수가 돌아오지 않는다는 생각이 들자 더 갈증이 났다. 생수를 마셔도 해소되지 않았다. 그래도 해의 위치가 바뀌면 더위가 누그러들고 바람이 시원해지리라는 것을 생각하려 애썼다. 다시 전신 호흡을 해보았으나 그럴수록 몸속이 텅 빈 듯 휑한 느낌만 들었다. 당장 몸에 뭔가 집어넣고 싶었고, 유진은 그게 무엇인지 잘 알았다.

유진은 상체를 일으켰다. 불현듯 옆 객실 사람들에게 와인을 선물하고 싶다는 생각이 들어서였다. 한수와 마시려고 서울에서 가져온 와인 한 병이 여행 가방에 있었다. 한수가 그걸 봤다면, 거 보라고, 과거는 언제나 존재하지 않느냐고 말했을 테지만.

와인은 자신과 한수가 아니라 그들에게 더 잘 어울릴 것이다. 그들이 오늘밤 와인을 마시고 정오까지 늦잠을 자고 수영장에서 땀과 이른 더위를 식히고 바다를 보기를, 더는 사랑에 실망하지 않기를 바랐다. 세상 어딘가에는 노력하지 않아도 얻어지는 사랑이 있기도 할 텐데 누군가는 그것을 갖기를 바랐다.

유진은 일어서려 했다. 한 발로는 아무래도 조금 힘들었다. 깁스한 발이 바닥에 닿지 않도록 높이 든 채 벽을 짚고 다른 발로 앙감질을 했다. 그러다가는 자칫 성한 쪽 발목도 나가고 말 거라는 의사의 목소리가 들리는 듯했지만 어쩔 도리가 없었다. 여행 가방에서 와인을 꺼낸 후에는 침대 모서리까지 엉덩이걸음으로 미끄러지듯 움직였다. 제 모습을 생각하자니 웃음이 터져나왔다. 계속 웃어대는 와중에도 침대 모서리를 잡고 일어섰고 다시 조금씩 앙감질을 해서 드디어 객실 문을 열었다.

초인종이 없었으므로 유진은 와인을 품에 안고 옆 객실 문을 두드렸다. 수영장에 있어서 잘 들리지 않는 모양이었다. 유진은 좀더 힘을 주어 문을 두드렸다. 누군가에게 마음을 전달하는 것, 오직 그것만 생각했다. 안에서는 아무 기척도 들려오지 않았다.

한밤의 새

김이석은 그즈음 출근을 서둘렀다. 아침에 출근하면 전날 정돈하고 퇴근한 책상 한가운데에 실적표가 놓여 있었는데 다른 사람이 보기 전에 치우기 위해서였다. 실적표에는 목표액까지 얼마나 남았는지 표시된 막대그래프가 덜렁 그려져 있었다. 김이석의 자리는 거대한 개방형 사무실 가장 안쪽이었다. 자리로 가는 동안 다른 사람 책상에 놓인 실적표가 죽 보였다.

하루는 사무실에 들어서자 심장이 미칠 듯이 뛰고 호흡이 가빠졌다. 자리까지 가지도 못하고 그대로 주저앉았다. 누군가 부축해줬는데 얼굴이 잘 안 보였다. 그 사람은 김이석을 휴게실에 데려다주었다. 과호흡에서 벗어난 후 김이석은 어쩌려는 생각도 없이 그대로 휴게실을 나섰다. 회사 건물을 나온 것은 아니고 화장실 변기에 앉아서 시간을 보냈다. 점심시간이 지나 팀장이 화장실로 찾아왔다. 팀장은 닫힌 문을 사이에 두고 자신은 실적표를 보고 운 적도 있다고 말해주었다.

"너는 나보다 낫잖아. 울지도 않고."

팀장이 말했다.

"그러니 같이 들어가자."

김이석은 못 이기는 체 팀장과 함께 사무실로 갔다. 모두 모르는 척해줬다. 하지만 책상 위에 그대로 놓여 있는 실적표를 보고 김이석은 울음을 터뜨렸다. 모두 김이석을 쳐다봤지만 누구도 가까이 오지 않았다. 팀장도 멀거니 쳐다보기만 했다. 울 수도 있지. 팀장은 그렇게 말해주고 싶었을지도 모르지만 김이석은 조금 심하게 울었다. 다들 김이석이 다시 나가리라 생각했는데 아니었다. 김이석은 울면서 컴퓨터 전원을 켰다. 주가 변동을 확인하며 퇴근 때까지 꼼짝 않고 일했다.

이미주는 그즈음 툭하면 팀장과 대립했다. 팀장은 이미주의 후배였는데 먼저 승진했고 그에 대한 자부를 이미주를 하대하는 것으로 드러냈다. 회의 때마다 얼마 나오지 않은 이미주의 배를 보며 출산휴가는 언제부터냐고 물었다. 여자 선배들은 굴욕적이더라도 버티는 게 낫다고 충고해주었다. 이미주도 처음에는 잘 해냈다. 하지만 유산 이후 달라졌다. 유산 사실을 모르던 팀장이 다시 그 얘기를 꺼냈을 때 이미주는 출산휴가를 갈 일은 없다고 잘라 말했다. 잠시 침묵이 흐른 뒤 팀장이 말했다.

"그게 뭔 자랑이라고 그렇게 크게 얘기해요?"

이미주는 더는 맞서지 않기로 했다.

그날 이미주는 술을 잔뜩 마시고 귀가해서는 곧장 화장실 바닥에 토했다. 정신을 차리려 애쓰며 김이석에게 회사에서 있었던 일을 털어놓았다. 김이석은 자신도 자주 화장실에 숨는다고, 사무실에 가면 눈물이 나온다고 고백했다.

두 사람은 서울 생활을 청산하는 것에 쉽게 합의했다. 서울과 거리를 둔 먼 지역, 기왕이면 바다가 보이는 곳에서 작은 숙박 시설을 운영하며 지내는 일이 인생에 큰 전환이 될 것 같았다. 그 일이 그렇게 수월히 합의되었다는 것에 두 사람은 기쁨을 감추지 못했다. 이제껏 장래를 논하는 일에 의견이 맞은 적이 별로 없었기 때문이었다. 지역을 정하는 문제로, 이를테면 국토의 동쪽인지 서쪽인지 남쪽인지에 대해 조금 실랑이를 벌이긴 했지만 이미주가 기차가 닿지 않는 먼 곳이 좋겠다고 하자 김이석도 멀어지는 것에 일종의 희열을 느끼며 이내 동의했다. 마침 김이석의 후배 중 한 명이 남쪽 지방의 관청에 근무해서 도움을 받을 수도 있을 듯했다.

사직서를 낸 후 한동안 여러 부동산 중개업자와 지속적인 연락을 하고 거래 사이트를 뒤지던 김이석은 적절한 매물을 찾아냈다. 규모와 위치가 적당하고 다른 매물에 비해 비교적 신축이었다. 그런 만큼 비쌌지만 중개업자에 의하면 급매로 내놓은 것이니 가격 협의가 가능하리라고 했다.

그들은 신중을 기했다. 섣불리 계약할 생각은 없었다. 바다를 향해 전면 유리문이 나 있는 펜션은 두 사람의 남은 나날에 의지처가 될 테니까. 이미주는 일주일간 펜션을 예약했다. 비수기에도 갈 만한지, 시설에 별문제는 없는지 손님 입장에서 살펴보고 싶었다.

펜션은 단층 동 두 개로 구성되어 한 동에 세 개 호실이 연달아 붙어 있고, 또다른 동에 두 개 호실이 있었다. 중개인이 호실이 네 개라고 소개한 것으로 보아 한 방에는 주인이 머무는 듯했다. 어쩌면 그들의 방이 될 자리였다.

내부는 최소한의 원목 가구와 집기로 깔끔하게 정리되어 있었다. 적당한 강도의 매트리스와 사각거리지 않도록 커버에 신경쓴 구스 이불, 기본으로 배치된 커피 세트와 그릇 등의 소품에서 느껴지는 미감이 특별했다. 반면에 수납공간이 부족해서 트렁크를 바닥에 펼쳐놓아야 했고 외투를 걸 곳도 마땅치 않았다. 게다가 가용 면적을 늘리고 바다 전망을 확보하는 데 치중하느라 방음도 좋지 않았다. 그들의 방 옆에 보일러실이 있었는데, 미약한 진동과 소음이 벽을 통해 전해졌다.

그럼에도 이미주는 이곳이 마음에 들었다. 시선을 유리문 쪽으로 돌리면 덱 깔린 테라스 너머로 액자처럼 바다가 펼쳐졌다. 지대가 높아 전망이 훼손되지 않는 것도 장점이었다. 인수하게 되면 전망을 해치지 않는 선에서 최소한의 수납 시설을 추가하고 방음을 보완할 계획을 세워보았다.

결정적인 단점이 있기는 했다. 손님이 없다는 것이었다.

"비수기여서 그렇겠지."

이렇게 숙박객이 없다면 바다가 꽉 들어찬 전망도 소용없지 않으냐는 이미주의 말에 김이석이 순진한 표정으로 말했다.

"날마다 손님이 들면 또 얼마나 피로하겠어."

그날 저녁 그들은 걸어서 마을까지 내려가보았다. 가파른 길을 내려와 이차선 도로를 지나면 해안가로 가는 경사로가 이어졌고 그 길을 따라 오래된 집들이 늘어서 있었다. 해안가 쪽에는 낡은 간판을 단 횟집과 펜션이 여럿 보였다. 펜션이라고는 하지만 오래전부터 운영하던 민박을 구색 맞춰 보수한 숙소인 듯했다. 계획성 없는 낚시꾼 무리나 돈 없는 대학생들이 단체로 이용할 법한 곳이었다. 이미주와 김이석은 펜션 간판을 발견하면 멈춰 서서 숙박 요금이 얼마인지 일일이 검색해보았고, 블로그나 여타 SNS 후기도 찾아보았다. 그 과정을 통해 자신들이 곧 취득할 숙박 시설이 얼마나 믿음직한 자산인지 확신을 얻어갔다.

마침 아트 페어가 열리는 기간이어서 다음날은 시내로 갔다. 두 사람은 주최측이 제공한 지도를 들고 숨은그림찾기 하듯 도시 곳곳에 놓인 조각과 설치 작품을 찾아다녔다. 규모나 전시물 수준이 기대 이하여서인지 부러 작품을 찾아다니는 관광객은 거의 눈에 띄지 않았다. 무심한 방식으로 시내 곳곳에 설치된 전시물들은 전쟁 때 피난민들이 몰려들어

형성된 도시 생성기와 이후 외지인의 유입으로 양적 팽창을 거둔 도시 발전사와는 다소 무관하게 배치되어 아트 페어 개최의 취지를 의아하게 했다.

이미주와 김이석은 의자 두 개 위에 불편하게 누운 검은 옷의 남자를 한참 쳐다봤다. 언제 몸을 움직이려나 싶었는데, 남자는 지켜보는 내내 꼼짝도 하지 않았다. 쌓아놓은 융단 이불 위에 앉아 균형을 잡으려 애쓰며 바느질을 하는 노인도 있었다. 의미를 찾기 힘든 퍼포먼스였다. 신기해하는 김이석과 달리 이미주는 축제 기간임에도 인파가 적고 그들이 묵는 숙소에 숙박객이 자신들 말고는 없다는 사실을 계속 의식했다.

관공서 부근에 작은 웅덩이 모양의 작품이 있었다. 그것은 그저 웅덩이로 보였는데, 심연을 들여다보는 눈동자라는 설명이 붙어 있었다. 심드렁한 이미주와 달리 김이석은 흥미롭다 여겼고 웅덩이 바닥을 내려다보자며 이미주를 끌어당겼다. 균형을 잡으려던 이미주는 그 순간 허리를 삐끗했다. 그래도 문제될 건 없다고 생각했는데 똑바로 서보려고 힘을 주자 허리에서 심한 통증이 느껴졌다.

이미주는 차갑게 적신 수건을 허리에 올려놓고 찜질하는

것으로 그 밤을 보냈다. 다음날 아침 침대에서 몸을 일으킬 때도 통증이 여전해서 결국 시내의 병원으로 갔다. 다행히 그저 근육의 문제일 뿐이었고 디스크는 아니었다. 통증 완화를 위해 주사 처방을 받았다. 관청에서 근무하는 후배와의 점심 약속에는 김이석 혼자 가기로 했다.

홀로 숙소로 돌아와 방에서 시간을 보내던 이미주는 통증이 다소 가라앉자 주변을 둘러볼 생각으로 객실을 나섰다. 전날 보니 숙소동 뒤쪽에 정원이 제법 잘 조성되어 있었다.

커다란 모자를 쓴 주인이 주저앉아 풀을 뽑고 있다가 이미주를 돌아보며 인사했다. 이미주도 마주 인사했다. 전날 체크인을 할 때도 느꼈지만 주인은 도심지 호텔 매니저처럼 말끔한 인상이었다.

"어디 불편하세요?"

주인이 허리춤에 손을 얹고 느리게 걷는 이미주를 보며 물었다. 이미주는 아트 페어에서 있었던 일을 설명했다. 주인도 그 작품을 알고 있었다. 그는 이미주를 걱정하는 것도 잊고 의미도 예술성도 없는 행사에 문화 예술 예산을 축낸 공무원들에 대해 불만을 토로했다.

"허리가 불편해서 그러는데 여기서 차 좀 마실 수 있을까요?"

이미주가 마당에 있는 벤치에 앉으며 물었다. 미안한 마음은 들지 않았다. 그 정도는 신세도 아니었다. 곧 자신이 그 남자를 돕게 될 테니까. 급매로 내놓은 걸 보면 남자에게는 이곳을 서둘러 떠나야 할 사정이 있을 것이다.

주인이 잠시 후 티팟과 잔을 나무 트레이에 받치고 나타났다. 조심스럽게 걸어오는 모양새를 보니 지금 주인이 하는 일, 정원을 다듬고 손님을 응대하는 일을 김이석이 한다고 상상하기 힘들었다. 김이석은 남에게 방을 내주고 불만이나 요구 사항에 응대하고 다시 새로운 손님을 들이는 일을 어떻게 여기고 있는 걸까. 숙박객처럼 하루종일 바다나 보면서 시간을 보내다 요금만 챙기면 되는 줄 아는 것은 아닐까. 이미주는 그가 자신의 느긋함을 문제로 여긴 적은 있을지 궁금해졌다. 물론 김이석은 그렇게 여기지 않을 것이다. 그게 그의 천진함이 유지된 비결이었다.

주인은 공무원에 대한 불만을 계속 늘어놓았다. 주인의 볼멘소리를 들으며 이미주는 좋은 생각을 떠올렸다. 아무래도 주인이 생각을 조용히 삭이는 타입은 아닌 듯하니, 이곳에서 펜션을 운영하며 지내는 생활이 어떤지 직접 들어볼 수도 있을 것 같았다. 매수자에게 하지 않을 이야기라고 해도 숙박객에게는 털어놓지 않을까. 이미주는 그의 말에 적당히 대꾸하다가 틈을 봐서 이곳이 주민으로 살기에는 어떤지 슬쩍 물었다.

"글쎄요, 연고가 있다면 몰라도……"

주인이 이미주로부터 거리를 두고 벤치 끝에 앉았다. 이미주는 주인에게 이곳이 고향인지 물었다.

"저야 여행으로 왔다가 정착한 거죠. 이쪽 뒤로 땅을 더 사서 정원을 꾸며야겠다 싶었거든요."

주인은 도시에 살 때 공원 설계 일을 했다고 말을 이었다. 설계라는 것이 늘 그렇듯 예산에 좌우되고, 그건 맘대로 할 수 있는 게 없다는 의미이니 자기 뜻대로 정원을 꾸려볼 요량으로 이곳에 펜션을 차렸다고 했다. 기회만 있으면 늘 그런 얘기를 털어놓는 듯 주인은 정원에 대한 계획을 길게 늘어놓았다. 사계절 꽃을 피우게 하고 수로를 조성하고 제법 넓은 규모의 연못을 파서 맑은 날에 구름이 비치게 하는 것이 그 계획의 일부였다.

하지만 어려움이 있다고 했다. 펜션 뒤쪽이 맹지여서 진입도로가 연결되지 않는 탓에 공사를 시작하기가 힘들다고.

그 문제로 관계 기관에 지속적인 민원을 제기했지만 잘 안 됐다고 화난 투로 말했다. 언뜻 보면 주인은 말이 많아 보였는데 실상 어떤 얘기는 전혀 하지 않았다. 더는 펜션을 운영하지 않으리라는 것에 대해서 말이다. 숙박객에게 그것까지 얘기할 필요는 없겠지만, 그 사실을 누락했다는 것 때문에 어쩐지 이미주는 그가 거짓말을 하고 있다고 느껴졌다.

오후에 돌아온 김이석이 후배에게 들은 얘기를 전해주었다. 주인의 성격이 워낙 별나서 동네 주민들과 불화가 심하며 공무원들을 하인 부리듯 하는 악성 민원인이라는 얘기였다. 하도 맹지에 길을 내달라고 우기는 통에 담당 공무원이 병가를 낼 정도였다고. 정원을 조성한다고 해도 그것은 지극히 개인적인 공간인데, 사적 공간을 위해 관청에서 기반시설을 마련해주는 일은 형평성에 어긋나는 것 아니냐고. 후배는 이곳에 적응하지 못한 주인이 매매를 서두르는 처지임을 감안하여 김이석에게 가격을 더 낮추라고 조언했다.

그런 거 말고 이 지역의 관광지로서의 전망 같은 것에 관해 들은 바는 없느냐고 묻자 김이석은 멋쩍은 표정으로 그야 당연히 좋겠지, 하고 하나 마나 한 말을 했다.

두 사람은 펜션 근처의 식당에서 저녁식사를 하기로 했다. 비교적 규모가 큰 식당으로 골랐는데, 주인 혼자 티브이를 보고 있다가 불퉁한 표정으로 컵과 물을 내주었다. 조리도 혼자 다 하는지 음식을 주문하자 부엌으로 들어갔다. 뒤늦게 포털 사이트 평점을 찾아보니 위생 상태부터 맛과 서비스까지 골고루 형편없었다.

우럭매운탕이 끓는 동안 김이석이 주인에게 말을 붙였다.

"이 동네에 가볼 만한 곳이 있어요?"

"어디 묵어요?"

주인이 대답 대신 물었다. 김이석이 숙소 이름을 대자 주인이 피식 웃었다. 질문에 대한 답은 아니었지만 충분히 대답을 들은 기분이었다.

"흉한 데 묵으시네."

주인이 두 사람의 눈치를 보지 않고 말했다. 김이석이 자세히 캐물으려고 하자 주인은 설명을 피하고 숙소 주인에게 물어보라며 티브이 볼륨을 높였다.

두 사람은 식욕을 잃었다. 그들이 묵는 숙소가 흉하다는 말 때문이기도 했지만 매운탕이 워낙 비려서였다. 비성수기여서 손님이 없는 게 아니라 그저 맛이 없어서 손님이 들지 않는 게 분명했다. 식사를 거의 하지 않고 일어서는 두 사람에게 주인이 오늘이라도 숙소를 바꿀 생각이 있거든 연락을 달라며 명함을 내주었다.

식당을 나오자마자 이미주는 명함을 구겨버렸다. 김이석은 차에 올라타기 전 그들이 묵는 언덕 위 숙소를 쳐다보았다. 낮에는 콘크리트가 노출된 건물 외관이 세련돼 보였는데, 해가 지자 어쩐지 으스스하고 불길해 보였다.

"어느 방일까?"

주차장에 차를 대고 김이석이 물었다.

"뭐가?"

"흉한 곳이라잖아. 누군가 죽은 거겠지. 이런 데서 죽는 사람들이 있으니까."

이미주는 잠자코 숙소를 쳐다보았다. 근거 없는 김이석의 상상을 말리지는 않았다. 식당 주인의 말을 믿느냐고도 물어보지 않았다. 어쩐지 믿어졌다. 그런 일이 실제로 있었던 것 같았다. 여행자로서는 꺼림칙해도 거래를 하기에는 유리한 것 아닌가 싶기도 했다. 그 생각도 김이석에게 말하지 않았다.

두 사람이 자려고 누웠을 때 전면 유리문에 무엇인가 쿵

하고 부딪히는 소리가 났다. 두 사람은 깜짝 놀랐다. 무거운 것이 빠른 속도로 다가와 유리문에 부딪히는 소리였다. 돌처럼 딱딱한 것은 아니고 테니스공 정도의 탄성 있는 물체가 부딪히는 소리. 이미주는 문을 열어보고 싶었으나 김이석이 말렸다.

다음날 아침, 이미주가 일어났을 때 김이석은 방에 없었다. 이미주는 커튼을 걷고 유리문을 열었다. 아무것도 없었다. 간밤에 부딪힌 것은 바람뿐이라는 듯 덱 위는 텅 비어 있었다. 잠시 후 김이석이 조식이 든 피크닉 바구니를 들고 왔다. 바구니 안에는 먹음직스러운 샌드위치와 과일주스, 계란 반숙이 포함된 샐러드가 들어 있었다.

식사를 마치고 천천히 숙소 주변을 산책한 다음 차를 한 잔 준비해서 어제 주인과 앉았던 마당의 벤치에 앉았다. 숙소 전체가 금연 구역이라 내내 담배를 참았던 두 사람은 그들 외엔 숙박객이 없는 듯하자 마당 한쪽에 놓인 쓰레기통 옆에 서서 담배를 피웠다. 담배꽁초를 버리려던 이미주가 "이게 뭐야?" 하고 놀란 소리를 냈다. 죽은 새가 쓰레기통에 버려져 있었다.

어쩌면 간밤에 문에 부딪힌 것은 새였을까. 아침 일찍 펜션을 둘러본 주인이 죽은 새를 발견하고 치워버린 걸까. 그것도 쓰레기통에. 숙박객을 위해 깔끔하고 정갈한 식사를 준비해준 마음과 사시사철 꽃이 자라는 정원을 설계하려는 꿈과 죽은 새를 쓰레기통에 아무렇게나 내던져버린 무심함 사이의 간극을 어떻게 받아들여야 할까.

땅을 파기에 적당한 도구를 찾아보았지만 눈에 띄는 게 없어서 이미주는 정원에 있는 목련의 나뭇가지를 뚝 분질렀다. 김이석은 멀찍이 떨어져서 이미주를 쳐다보았다. 나무를 훼손하는 이미주와 쓰레기통에 처박힌 죽은 새로부터 거리를 두고 싶다는 듯이.

"여기서 뭐하세요?"

주인이었다.

"새네요?"

주인이 깜짝 놀라 되물었다. 이미주는 그를 쳐다봤다. 그는 정말 놀란 것 같았다. 꾸민 것으로 보기 어려운 표정이었다. 죽은 새를 보고 당황한 듯했다. 그는 전면 유리문이 워낙 넓어서 가끔 이런 일이 생긴다고 덧붙였다.

"그럴 때마다 쓰레기통에 내다버리나요?"

이미주가 딱딱하게 물었다. 김이석이 다가와 그럼 어떻게 해야 하느냐고 바보처럼 되물었고, 주인은 땅을 팔 만한 것을 가져오겠다며 어디론가 사라졌다.

이미주가 부러뜨린 나뭇가지로 땅을 헤집고 있는데 마당 쪽으로 몇 사람인가 걸어올라오는 게 보였다. 그들의 태도 때문에 상당히 화가 났음을 알 수 있었다. 그들은 마침 삽을 든 주인이 나타나자 대뜸 목소리를 높였다. 돈을 내놓으라는 사람도 있었고 애당초 맹지를 산다고 할 때부터 사기꾼인 걸 알아봤다고 말하는 사람도 있었다. 그중 가장 큰 소리를 내던 남자가 별안간 주인을 밀쳤다. 삽을 든 모습이 위협적으로 보인 듯했다. 재빠르게 균형을 잡은 주인이 삽을 내던지고 그에게 주먹을 뻗었다. 아닌가. 순서가 바뀌었나. 누가 먼저인지는 중요하지 않았다. 주먹이 오간다는 것에 놀란 사람들이 두 사람을 떼어놓기 위해 가까이 모였다. 김이석도 다가가 얼른 주인을 붙잡았다. 주인이 버둥거렸지만 김이석은 힘을 풀지 않았다. 그대로 싸움이 멈췄다면 좋았겠지만 그렇게 되지 않았다. 남자가 다시 주인에게 달려들어 복부를 쳤는데, 김이석에게까지 충격이 전해졌다. 김이석은 주인과 함께 뒤로 자빠졌다. 저린 허리를 붙잡고 일어서며 이 펜션을 샀다가는 그대로 돈을 날릴지도 모른다는 생각이 들었다. 이런 깡시골에서, 누구도 찾지 않는 조잡한 미술품을 보고 비린내 나는 매운탕이나 먹으며 남은 인생을 보내게 될 것이다. 김이석은 불쑥 화가 나서 바닥을 나뒹구는 주인을 그대로 두고 일어섰다. 돕지 않았다. 그래도 된다는 생각이 들었다. 그는 당해도 싼 사람이었다. 이렇게 모두에게 욕을 먹고 비난을 받는 건 여기서 흉한 일이 있어서였을 것이다. 김이석은 죽은 새 옆에 서 있는 이미주에게 다가가 빨리 서울로 돌아가자고 재촉했다. 이미주와 김이석은 주인을 때리는 사람들을 피해, 죽은 새가 버려진 정원을 떠나 방으로 들어가 짐을 꾸렸다.

서울로 돌아온 후 김이석은 시간이 걸렸지만 다시 취업했다. 이전 회사의 팀장이 소개해준 곳이었다. 팀장은 김이석에게 이제는 함부로 울지 말라고 잔소리했다. 이미주는 한동안 허리 통증으로 고생했으나 구직을 멈추지 않았다. 뜻대로 되지 않았어도 새로운 직장을 잡기는 했다. 계약직이었고 더는 아기를 갖지 않겠다고 마음먹었다.

그후 그들은 짧은 휴가지를 정할 때면 이견 없이 동해 쪽으로 갔다. 누군가 그들이 다녀온 남쪽 도시 이야기를 꺼내면 그들이 미처 보고 오지 못한 드문드문 떨어진 작은 섬들과 층층이 쌓아올린 듯 늘어선 푸르른 농지에 대해 아는 체하고 싶었으나 행정 목적만 두드러진 괴괴한 아트 페어와 외지인을 타박하는 공무원과 사나운 주민들이 떠올라 입을 다물었다. 간혹 회사 근처의 근린공원을 산책할 때면 펜션 주인이 생각났는데 이미주는 그 얘기를 김이석에게 하지 않았다. 김이석 역시 그 숙소가 여전히 매물로 나와 있는지 종종 검색해본다는 말을 하지 않았다. 무엇보다 간밤에 죽은 새를 쓰레기통에 내다버린 사람이 자신이라는 말을, 자신과 이미주가 죽은 새를 쓰레기통 옆에 그대로 두고 떠나왔다는 말을 하지 않았다.

그들이 결코 털어놓지 않은 얘기 중에는 어쩌면 주인에게는 아무 잘못이 없을지도 모른다는 것도 있었다. 그는 설비가 낙후된 지역에 지속적으로 도로 건설을 주장한 평범한 민원인이었을 수도 있고, 다른 펜션에 비해 월등하게 신경 쓴 건축물로 인근 토박이 숙소 주인들에게 미움을 산 외지인일 수도 있었다. 터무니없는 정원을 꿈꾸느라 땅을 사고 그 과정에서 대출을 받으며 자금 융통이 원활치 않아졌을 가능성이 있지만, 사기를 칠 생각은 없었을 것이다. 거기서 벌어진 흉한 일이란 눈 어두운 새가 유리문에 부딪혀 죽어간 일이었는지도 모른다. 그런 일이야 어디서건 벌어졌다. 하지만 두 사람은 결코 그런 이야기를 하지 않았다.

마을에는 개를 찾아다니는 사람이 많았다. 사람들은 자주 개를 잃어버렸다. 그럴 만했다. 대개 목줄을 채우지 않고 키웠다. 개들은 원할 때 짖고 달려들고 담장 밖 어딘가로 뛰어나갔다. 낯선 사람을 향해 으르렁거리다가 오히려 매질을 당해 겁을 먹고 산속으로 달아났고 그러다 주인 없이 쏘다니는 개들 무리에 섞이기도 했다. 떠도는 개들은 상한 몰골 때문에 위협적으로 보였다. 가끔은 마을로 내려와 사납게 눈을 뜨고 침을 흘리며 길을 막아섰다. 영영 돌아오지 않는 개도 있었다.

사라진 개들은 어디로 갔을까. 하지만 문제는 개가 아니었다. 그런 개들만큼이나 인생이 안 풀리는 사람이 있었다. 말하자면 황인수 같은 사람. 실패가 삶을 나아가게 할 때도 있지만 대개의 실패는 삶을 바닥에 처박았다. 황인수가 겪은 일들이 죄다 그런 식이었다. 그러다보니 들개처럼 침을 흘리고 눈을 치켜뜰 일이 많이 생겼다. 실제로 그렇게 하지는 않았다. 아무리 처박힌 삶이라 할지라도 삽질은 가능하기 때문이었다. 진짜 삽질 말이다.

이곳에 정착하겠다고 했을 때 사람들은 모두 같은 질문을 했다. 거기가 고향이에요? 황인수의 대답도 언제나 같았다. 아니요, 제 고향은 서울입니다. 그렇다면 왜 그곳에 가는지 의아해하는 사람들에게 황인수는 흙살 때문이라고 대꾸했다. 흙살이요? 도시 사람들이 되물으면 황인수는 삽질을 해보면 그게 뭔지 알게 된다고 웃으며 말해주었다.

거주지를 옮기는 것만으로 사방이 막혔던 대출이 가능해졌다. 덕분에 한숨 돌렸으나 정착 지원금 때문에 이주를 결심했다는 말은 할 필요가 없었다. 공짜로 받는 돈도 아니니까. 다른 조건보다 훨씬 저렴하기는 했으나 이자도 내야 하고 농촌진흥청에서 진행하는 교육도 백 시간이나 받아야 했다. 거저 받는 돈이 아닌 것이다. 그렇더라도 돈 얘기를 꺼내면 사람들은 의도를 의심할 거였다.

토지 임대와 시설 구비는 이장이 거의 다 해주었다. 정착 단계부터 황인수를 도와준 이장은 깜짝 놀랄 정도로 능란하게 관공서 직원을 상대하고 한 번에 명칭을 대기도 힘든 복잡한 서류 여러 장을 전부 챙겨줬다. 한두 번 해본 솜씨가 아니었다. 외지인을 도운 경험이 많아 보였다. 그게 의지가 됐다. 시간이 지나고 나서야 그런데도 어째서 마을에 다른 외지인이 한 명도 남아 있지 않은지 의아한 생각이 들었다.

황인수가 임대한 땅을 두고 흙살이 좋은 곳이라고 말해준 사람도 이장이었다. 그게 무슨 뜻인지 몰랐지만 삽으로 흙을 한번 떠보자 금방 알게 되었다. 어제 경찰의 방문을 받고 처음 든 생각도 바로 그것이었다. 흙살이 좋은 땅이라는 것. 용의자도 그 사실을 알고 있던 게 아닐까 싶었다. 굳어 있지 않아 쉽게 떠지고 속흙이 붉고 물이 잘 빠지는 땅이니 다급한 상황에서 뭐든 파묻기 수월했으리라.

아침부터 황인수를 찾아온 경찰은 협조가 필요하다고 말문을 열었다. 한참 얘기를 했는데, 사정을 제대로 설명하기 위해서는 아니고 황인수가 협조할 수밖에 없는 상황임을 강조하느라 그랬다. 경찰은 수색 과정에서 황인수의 비닐하우스가 훼손될 가능성이 있음을 고지했다. 추후 손실 보상 제도에 의해 청구가 가능하다지만 분명 지난한 과정을 겪어야 하고 보상금도 미미할 터였다. 하지만 황인수로서는 달리 방법이 없었다.

경찰의 긴 얘기를 정리하자면 황인수의 두 동짜리 비닐하우스 부근에 시신이 매장되어 있으리라 추정된다는 것이었다. 어떻게 그런 일이. 황인수가 깜짝 놀라서 더듬거리며 되묻자 경찰은 대답할 의무는 없지만 사정을 봐준다는 듯 덧붙였다. 그거야 파봐야 알지요.

죽은 사람이 매장되어 있을지도 모른다는 경찰의 말은 따지고 보면 이상할 것은 없었다. 어디에나 죽은 사람이 묻혔을 가능성이 있으니까. 수천 년의 역사가 흐르는 동안 이 좁은 영토 안에서는 전쟁과 약탈을 비롯해 온갖 종류의 학살이 자행되었다. 그러는 과정에서 무수한 시신이 애도할 새도 없이 이곳저곳에 묻혔을 것이다.

마을에도 최근 몇 년간 죽은 사람이 많았다. 황인수가 직접 죽음을 목격한 것은 아니었지만 마을 사람들이 모인 자리에서는 언제나 죽은 사람들 얘기가 화제에 올랐다.

마을에는 제삿날이 같은 집이 여럿이었다. 몇 해 전 농한

기를 맞아 단체로 전세버스를 타고 여행을 가다 도로에서 차량이 전복되는 큰 사고가 벌어졌다. 그 사고로 마을 노인 여럿이 명을 달리했다. 어느 해인가는 화재가 났다. 당시 이장이던 남씨 소유의 농산물 보관창고가 전소되고 뒤편 주택으로 불이 옮겨가면서 방에서 자고 있던 남씨의 부모가 화를 피하지 못했다. 그 일은 방화로 의심되었으나 범인을 찾지 못해 흐지부지 수사가 종결되었다. 남씨는 화재가 난 집에서 벽면과 지붕 일부만 수리한 채 여태 살고 있었다. 누군가 부러 불을 질렀을지도 모르는 집에서 말이다.

치정으로 인해 잔혹한 일이 벌어진 적도 있었다. 수십 년간 한마을에 살던 이웃 간에 벌어진 일이었다. 사건에 연루된 자 중 살아남은 노인은 여전히 마을에 남아 늙은 부인의 수발을 받았고, 그 일을 무용담으로 떠벌리기를 즐겼다. 이사 온 지 며칠 되지 않아 황인수의 귀에 그 모든 얘기가 전해졌다. 이 동네에서 죽음은 확실히 드문 일이 아니었다. 그렇기는 해도 하필이면 자신의 비닐하우스 아래, 그것도 범죄에 희생된 시신이 묻혀 있을지도 모른다는 말은 오싹하게 들렸다.

다음날, 경찰차가 좁은 마을길에 도열하기도 전에 주민들이 어떻게 알았는지 웅성거리며 비닐하우스 주변으로 모여

들기 시작했다. 황인수는 일찌감치 비닐하우스 문을 가로막듯 서 있었다. 담당 형사가 도착하면 어쩔 수 없이 이 문을 열어야 한다는 게 그를 괴롭게 했다. 그는 언제나 비닐하우스 문을 잠그고 다녔다. 보란듯이 굵은 쇠사슬로 양문을 엮은 다음 커다란 자물쇠를 채웠다. 처음부터 그러지는 않았다. 이 마을에서 그렇게 문단속을 철저히 하는 사람은 황인수뿐이었다.

예정된 시간이 조금 지나 검은색 승합차 여러 대가 줄지어 들어서자 동네 개들이 경고하듯 일제히 짖어댔다. 얼마 안 돼 이장의 노모가 없어진 개의 이름을 부르며 마을길을 배회하는 모습이 보였다. 그 집 마당에 개가 있는 날도 있고 없는 날도 있어서 개를 찾는 게 영 이상해 보이지는 않았다. 이장은 인상을 쓰기만 할 뿐 노모를 말리지 않았다. 주민 중에 이장의 노모가 치매에 걸린 걸 모르는 사람은 없었다. 노모는 황인수를 볼 때면 망령이라도 든 것처럼 무서워하며 뒷걸음질쳤다. 하지만 간혹 멀쩡해 보일 때도 있었다. 그런 날은 혀를 차며 황인수에게 썩 꺼지라고 말했다.

경찰에 의하면 오래전 살인사건의 용의자가 새로운 증거가 발견됨에 따라 드디어 범행 사실을 자백했고, 황인수의 비닐하우스 부근을 시신 유기 장소로 지목했다. 정확하지는 않다고 했다. 사건이 벌어진 시기가 워낙 오래전이고 그사이 마을의 지형도 많이 바뀌었기 때문에 대략 그 부근으로 짐작한다는 게 경찰의 설명이었다.

경찰의 얘기를 듣는 내내 흙에 파묻힌 백골의 이미지가 떠올랐다. 생각해보면 그동안 각종 미디어에서 봐온 백골의 형상은 키나 연령, 성별과 관계없이 똑같았다. 마치 죽음 이후 인간은 모두 똑같은 존재가 된다는 듯이.

맨 앞 검은색 승합차에서 두 사람이 누군가를 부축하며 내렸다. 몸이 불편해서가 아니었다. 달아나지 못하도록 붙들기 위해서였다. 결박당한 사람은 수건에 손이 감싸여 있었다. 수갑이나 포승줄을 차고 있을 터였다.

경찰은 절차상 황인수에게 협조를 구했음을 확인한 후 비닐하우스 문을 열어달라고 했다. 황인수는 잠시 주저했으나 이내 여러 번 감긴 쇠사슬을 손에 잡았다. 이장과 마을 사람들이 조금 거리를 두고 서서 지켜보고 있다는 것을 의식했다. 비닐하우스 문이 열리자 경찰이 안으로 들어갔다. 마을 사람들이 안쪽을 들여다보려고 고개를 빼고 발돋움을 했다. 다른 경찰들이 빙 둘러서서 그들의 접근을 막아주었다. 자신을 위해서는 아니었으나 황인수는 그게 고마웠다. 경찰에게는 비닐하우스 내부가 어떻건 아무 화젯거리가 안 되겠지만, 마을 사람들에게는 아닐 테니까.

 황인수는 경찰을 따라 비닐하우스 안으로 들어갔다. 경찰이 코를 싸쥐었다. 비닐하우스 특유의 온기에 고약한 냄새가 섞여 있었다. 작황에 실패한 후 황인수는 이 땅을 그대로 내버려두었다. 날마다 비닐하우스에서 시간을 보냈지만 그저 앉아서 쉬거나 낮잠을 잤다. 바깥에서 보면 농작물이 자라나는 것처럼 여겨지도록 초록빛 천을 깔아두었으나 마을 사람들이 황인수의 뜻대로 속아주었을지는 의문이었다.

 흙살이 좋다던 비닐하우스 내부는 퇴비밭이나 다름없었다. 싹이 트다가 그대로 썩어버린 파프리카가 뭉그러지면서 냄새를 풍겼다. 세 해에 걸쳐 연이어 작황에 실패한 후 황인수는 이장이 말한 좋은 흙살을 망치도록 내버려두었다.

 경찰은, 황인수의 뜻대로 되었다면 신품종 파프리카가 자라고 있어야 할 땅을 삽으로 뒤엎기 시작했다. 동시에 굴착기가 비닐하우스 주변 흙을 퍼올렸다. 굴착기가 한쪽에 흙을 쏟아내면 감식반이 다가가 속을 샅샅이 살폈다.

 황인수는 결박당한 용의자를 힐끔거렸다. 용의자는 고개

를 푹 숙이고 있었다. 세상을 떠들썩하게 만든 범인치고는 너무 노쇠해 보였다. 황인수도 뉴스를 통해 그 사건을 접한 적 있었다. 시신이 발견되지 않았고 살해 도구도 찾지 못해서 살인사건으로 구속할 증거가 미비한 사건이었다. 그러다 얼마 전 미제 사건을 다루는 시사 프로그램에서 새롭게 복원된 족적이 증거로 제시되면서 세간의 관심을 끌었다. 경찰 조사가 다시 시작되고 얼마 지나지 않아 용의자는 시신 은닉 장소를 자백했다. 다만 오래전 기억이라거나 당시 술을 마신 상태였다는 등의 이유로 유기 장소를 매번 다르게 댔다. 의지할 만한 것은 자백뿐인 상황이라 용의자가 장소를 대면 경찰은 매번 수십 명을 동원해 현장 감식에 나섰다.

감식반은 혹시나 백골을 놓칠 가능성에 대비해 파헤친 흙더미를 꼼꼼히 살펴보았으나 한밤이 되도록 아무것도 찾아내지 못했다. 황인수는 경찰이 주변은 물론이고 두 동의 비닐하우스 내부를 온통 뒤집어엎는 것을 전부 지켜보았다. 엉망이 될수록 기이한 안도감이 차올랐다.

이윽고 용의자가 다시 차에 올라탔다. 경찰은 황인수에게 내일, 아니면 수일 내 다시 올 가능성이 있으니 현재의 수색 상태를 그대로 유지하라고 이르고는 장비를 철수했다. 차들이 전조등을 밝히고 움직이자 개들이 큰 소리로 짖으며 따라갔다. 황인수는 처음으로 비닐하우스 문을 잠그지 않고 집으로 돌아갔다.

다음날 그는 비닐하우스에 들어가 경찰을 기다렸다. 간혹 마을 사람들이 불쑥 문을 열고 안을 들여다봤다. 하도 문을 꽁꽁 잠그고 다니길래 금붙이라도 숨겨둔 줄 알았다며 농담하는 사람도 있었다. 물론 황인수는 그 말을 농담으로 받아들이지 않았다.

황인수가 다시 비닐하우스 문을 잠글지 고민하고 있는데 이장의 노모가 개 이름을 부르며 마을길을 지나가는 소리가 들렸다. 사 년 전 이사를 왔을 때만 해도 개는 언제나 이장네 집 마당에 있었다. 황인수가 이장에게 비닐하우스 설치나 농사법 등을 배우러 드나들 때마다 커다랗고 눈이 사납던 개는 외지인인 황인수를 향해 엄청나게 짖어댔다. 한번은 물릴 뻔한 적도 있었다. 황인수가 마당을 기웃거리자 개가 달려왔다. 마침 집에 있던 이장의 노모가 개를 잡아주지 않았다면 황인수는 꼼짝없이 물렸을 것이다. 그때만 해도 이장의 노모는 괜찮았다. 분별력이 있었다. 살려야 할 것을 살릴 줄 알았다.

밖을 내다보자 노모를 찾으러 다니는 이장의 모습이 보였다. 이장은 비닐하우스 문을 열고 자신을 살피는 황인수를 매서운 눈으로 쳐다보고 지나갔다. 황인수는 이장이 언제부터 자신을 그렇게 보기 시작했는지 떠올려보았다. 이주 초기, 이장이 땅을 임대해주고도 계약서를 쓰지 않겠다고 하길래 수상하다 싶어 변호사인 친구를 대동하고 나타났을 때부터인지, 마을회관 일을 맡아달라고 하기에 봉사하는 기분으로 선뜻 맡았는데 총무 임기가 끝나자 횡령 혐의로 자신을 고발한 직후인지, 그 모든 일에 화가 나 처음으로 이장의 멱살을 잡았을 때부터인지 알 수 없었다.

경찰은 언제 다시 나타날까. 용의자에 대해 아는 바가 거의 없지만 그의 자백은 어쩐지 진실 같았다. 시사 프로그램에 의하면 용의자는 이 마을과 이웃한 지역의 주민이었다. 마을 인근 저수지에서 낚시를 즐겼는데 경찰은 그가 저수지를 오가는 길에 위치한 이 마을을 잘 봐뒀으리라고 추정했다. 오래전 기억이라 불확실하다며 의도적으로 진술을 번복한다지만 이번만큼은 틀림없을 것이다. 그냥 느낌이 아니었다. 이 마을의 분위기 때문이었다. 이곳에서는 그런 일이 벌어지는 게 잘 어울렸다.

아무래도 문을 잠가야 할 듯해서 황인수는 문에 굵은 쇠사슬을 감기 시작했다. 그런 그에게 이장이 다가와 내용증명서를 받았느냐고 물었다. 몰라서 물어보는 게 아니었다. 그저께 이장과 그 문제로 한참 입씨름을 벌였다.

"농사를 다 망쳐서 어째."

이장이 대꾸 없는 황인수를 조롱하듯 말했다.

"개가 없어져서 어째요."

황인수가 딴소리를 했다. 이장의 얼굴이 굳었다. 마치 개의 행방을 알고 있다는 듯이. 개를 끌고 가는 사람을 보지도 못했으면서. 잠시 황인수를 노려보던 이장이 다 안다는 듯 덧붙였다.

"그깟 개가 대순가. 떠돌다보면 다 그렇게 되지."

황인수는 그를 마주보려 했지만 몸이 떨려서 잘 되지 않았다.

이장이 침을 뱉듯 손을 탁탁 털고 가버린 후 황인수는 벌건 속살을 드러낸 비닐하우스의 양문을 꽁꽁 잠갔다. 죽음의 증거는 여기 어딘가에서 분명히 나타날 것이다. 황인수는 경찰만큼이나 그것을 믿고 싶었다.

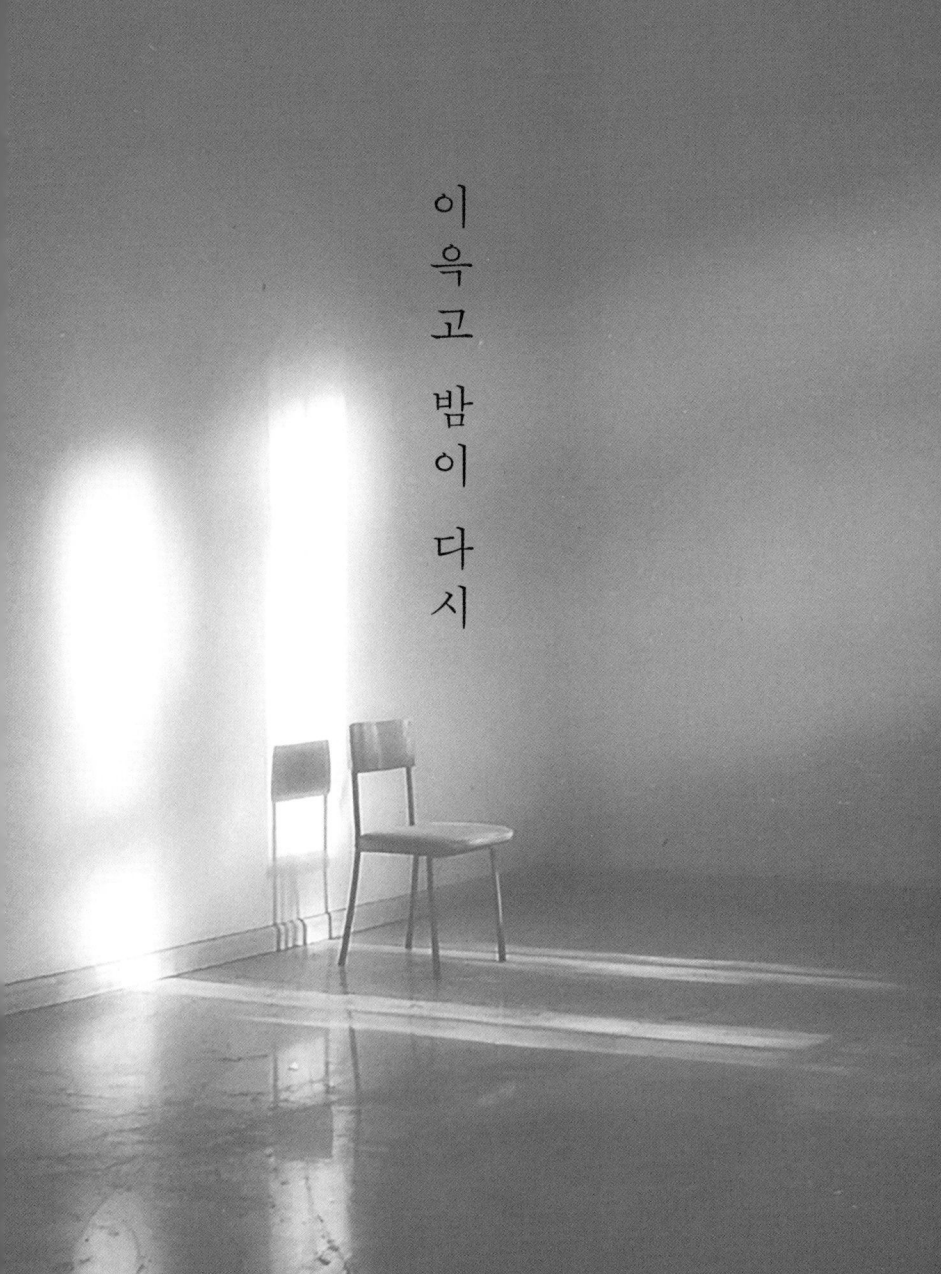

이윽고 밤이 다시

잔이 구르면서 남아 있던 술이 쏟아졌다.

장이수는 아쉬운 표정으로 검게 물드는 카펫을 지켜보았다. 마지막 잔이었다. 딱 한 모금만 더 마시면 깊게 잠들 수 있을 텐데. 쓰러지듯 선잠에 빠졌다가 잠시 후 깨지 않아도 되고, 중간에 잠에서 깬 사람이 그렇듯 온갖 잡념에 시달리지 않아도 될 것이다. 별소리가 나지 않았는데 자연스럽게 안방 쪽을 힐끔거렸다. 시커멓게 입을 벌린 방에서 냉랭한 공기가 흘러나오고 있었다.

방문을 아예 닫아버리려는데 휴대전화가 울렸다. 화면 상단에 발신자 표시 제한이라고 떠 있었다. 얼마 전에도 이런 전화가 걸려왔다. 자신을 노출하지 않으려는 오기가 두려워서 장이수는 전화를 받지 않았다. 하지만 지금은 술을 마셔서인지 조금 대범해졌다. 어차피 목소리뿐이지 않은가.

"아이, 왜 이렇게 늦게 받아요."

전화선을 타고 흘러나온 목소리는 여자였다. 낯선 목소리. 어른인지 애인지 알 수 없는 음성. 그 목소리를 듣자 이상하게 긴장이 풀렸다. 내키지 않는 전화는 아닐 것 같았다. 여자에게는 날이 선 기색이 전혀 없었다. 어쩌면 오래전 다정한 말을 나누던 사람일 수도 있었다.

"누구시죠?"

장이수는 추궁처럼 들리지 않도록 애쓰며 물었다. 발신자를 숨긴 것을 고려하면 합당한 질문이었다.

"나를 몰라요?"

상대가 톤을 높였다. 당연히 몰랐다. 이런 식으로 말을 거는 사람은 주위에 아무도 없었다.

"누군데요?"

순전히 목소리를 다시 들어보려고 질문을 던졌다. 상대가 옅은 쇳소리를 내며 웃었다. 오랫동안 큰 소리로 말하느라 목이 상했거나 성대 질환을 겪는 사람인 듯했다.

"모른다니 유감이네요."

"몰라서 나도 유감이에요."

상대를 놀리고 싶은 마음에 장이수는 장난스럽게 대꾸했다. 어차피 잠시 얘기를 나눌 뿐이니까. 만약 상대가 자신을 안다고 해도 전처럼 당하지 않으리라는 자신도 있었다. 불에 데본 사람만이 불을 아는 법이다. 그게 경험이라는 것이다.

좀더 젊었을 때―그에게 젊음은 결혼 이전 시기를 가리켰다―는 그 역시 부자연스러운 말투를 써가며 여자들에게 묘한 말을 걸었다. 젊음이 그런 건 줄 알았다. 그는 덩치가 크지 않았지만 몸이 단단했다. 그게 자랑거리였는데 여자들은 알아주지 않았다. 알아달라고 하면 놀림을 받았다.

만나는 사람이 생겼지만 오래가지 못했다. 누구를 만나건 싫은 소리를 들었다. 어떤 사람은 수저를 한 손에 다 들고 식사하지 말라고 지적했다. 음식을 먹을 때 아이처럼 쩝쩝거리는 소리를 내지 말라고 대놓고 말한 사람도 있었다. 장이수가 정지신호에 횡단보도를 건너자 다른 길로 가버린 사람도 있고 그가 고루한 역사적 사실을 예시로 들 때마다 인상을 찌푸리는 여자도 있었다. 역사는 되풀이되고 과거는 미래에 대한 믿음직한 주석이라 주장했지만 들어주지 않았다. 장이수는 자신을 지적하는 사람들을 몰아붙였다. 그런 식으로 만났다가 헤어진 사람 중에 이렇게 말하는 여자가 있었던가. 기분 나쁘다는 말을 유감이라고 표현하는 여자 말이다.

"내가 누군지 알고 싶어요?"

장난을 치고 느긋하게 구는 걸 보니 그동안 장이수에게 화를 내던 사람들과는 다른 부류인 모양이었다. 그 사람들은 자신이 누구인지 맞혀보라며 스무고개를 할 만큼 여유를 부리지 않았다. 대뜸 화를 냈고 잘못을 지적했으며 돈을 갚지 않는 장이수를 추궁했다.

"힌트를 줘요."

"지금 혼자예요?"

"그럼요. 혼자죠."

장이수는 상대에게 확인시켜주듯 아내가 떠난 집을 둘러봤다. 그러는 것만으로도 벌써 누군가와 손을 맞잡은 기분이었다. 그 손의 부드러움에 탄복하듯 장이수는 옅은 한숨을 내쉬었다.

"이제 말이 통하겠네요."

여자가 말했다.

"벌써 통한 줄 알았는데요?"

장이수가 휴대전화를 귀에 바짝 갖다댔다. 여자가 웃었다. 그 덕에 마음이 한결 가벼워졌다. 누군지 모를 상대와 호감을 저울질하는 동안 침울했던 기분이 다소 나아졌다. 여자의 쇳소리도 별로 거슬리지 않았고 누군가와 말을 나눈다는 생각에 안도감이 들기도 했다. 어찌나 안도했는지 상대에게 느낀 호감을 당장 전하고 싶을 정도였다. 더 얘기가 이어지면 자신에 대해서도 말하고 싶었다. 요즘 통 그럴 기회가 없었다.

"그런데도 나를 모른 척해요? 당신이?"

여자가 톤을 높이자 쇳소리가 강하게 느껴졌다. 장이수는 놀랐다. 정확히는 불쾌해졌다. 그는 사이좋은 친구처럼 주고받던 부드러운 농담을 집어치우고 마치 상대에게 자신의 얼굴이 보인다는 듯 미간을 잔뜩 찌푸렸다.

"누굽니까?"

"당신이 알아내야지."

여자가 갈라진 소리로 딱딱하게 대꾸했다. 반말은 물론이거니와 당신이라는 말도 거슬렸다. 이제껏 누구도 장이수를 그렇게 부른 적 없었다. 더군다나 얼굴도 이름도 모르는 사람이 말이다.

 그럼에도 장이수는 화를 참고 다시 한번 부드럽게 질문을 던졌다. 상대를 설득하거나 회유하는 게 이득이라는 생각이 들어서였다. 술에 취한 처지에 그런 계산을 해낸 스스로가 대견하기까지 했다. 자신이 누구인지 알아내라는 상대에 대해 잠시도 숙고하고 싶지 않았다. 그 생각을 하다보면 잠들지 못할 것이고 운이 좋아 잠에 빠지더라도 금세 깨어나 지금까지의 삶을 되짚으며 목소리의 주인이 누구인지 고민할 게 뻔했다.

 상대가 웃었다. 속셈을 익히 안다는 듯한 웃음. 장이수는 자신을 보고 웃는 사람에게 곧잘 기가 죽었다. 비웃음당한 일들이 대번에 떠올랐다. 쉽게 떠오르는 장면이 많았다. 변명의 여지 없이 장이수의 잘못이었다. 그렇기는 해도 누구인지 모를 여자에게 저지른 잘못은 아니었다.

 "내가 누구인지 생각해내야 할 거야."

 여자가 겁을 주듯 말하고는 전화를 끊어버렸다. 만약 여자가 조금만 기다려줬다면 장이수는 그러지 말고 제발 누군지 알려달라고 애걸했을 것이다.

 장이수는 화면이 꺼진 휴대전화를 내려놓았다. 낯선 이와 짧은 통화를 나눈 것 외에 달라진 점은 없었다. 어둠이 쏟아져나오는 안방, 술이 스며들어 얼룩진 카펫, 카펫 위에 나뒹구는 빈 술잔, 거실에 맴도는 비릿한 냄새. 그런데도 기분이 완전히 달라졌다. 고작 몇 분 사이에 그렇게 되었다는 게 의아할 정도로.

장이수는 휘청거리는 걸음으로 싱크대 쪽으로 갔다. 술을 조금 더 마시면 괜찮아질 것 같았다. 언제나 그렇듯 별일 아닐 것이다. 그간 장이수는 술에 대해서만큼은 엄격한 규칙을 적용해왔다. 규칙을 지키지 않으면 술꾼으로서의 명분이 없어졌다. 명분을 잃으면 술꾼에게는 술밖에 남지 않았다. 술만 남는다는 얘기가 아니라 술 말고는 아무것도 남지 않는다는 얘기였다. 다른 술꾼들처럼 술을 함부로 마시지 않는다는 게 장이수의 자부였다. 병째 마신다거나 정해둔 양을 넘기려고 안달하지 않았다. 하지만 오늘은 그럴 수 없었다. 무엇보다 명분이 있었다. 몇 잔 더 마시면 몸이 따뜻해지고 마음이 풀릴 테니까. 마음이 풀려야 잠을 자고 날이 밝으면 승객을 실어나를 수 있었다.

싱크대 하부 장 뒤쪽을 뒤져보아도 술은 나오지 않았다. 기억이 나지 않았지만 어제 더 마셨는지도 몰랐다. 어쩌면 그제 그랬을 수도 있었다. 장이수는 술을 참아보려고 여자의 전화는 그저 잘못 걸려온 것에 지나지 않는다고 생각하려 했다. 무작위로 전화를 걸어 허튼짓을 벌이는 사람일 가능성도 있었다. 실제 그런 일이 종종 벌어지니까. 그러고 보면 '당신'이라고 했지, 장이수의 이름을 명시하지는 않았다. 장이수는 더 생각에 빠지지 않으려고 기어이 비틀거리며 편의점에 다녀왔다.

다시 술을 마시다보니 비슷한 일이 떠올랐다. 채팅으로만 이야기를 나누던 여자를 만나려고 약속 장소에 간 적이 있었다. 여자는 없고 장이수를 보며 싱글거리는 남자만 앉아 있었다. 뼈대가 굵고 매끈하게 생긴 어려 보이는 남자였다. 취했군, 취했어. 자신에게 실실대는 남자를 피해 다른 자리에 앉으면서 장이수는 아내를 흉내내 중얼거렸다. 아내가 왜 매번 같은 말을 두 번씩 반복하는지 알게 됐다. 반복하다보니 자신의 생각에 확신이 들었다.

약속 시간이 지나도록 여자가 나타나지 않아 장이수는 시계와 휴대전화를 번갈아 쳐다봤다. 그러다 어느 순간 문득 알아차렸다. 곧 남자가 장이수의 맞은편으로 옮겨와 앉았다. 남자에 비하면 장이수는 어리숙했다. 이태리 브랜드의 양복을 입고 있다는 게 유일하게 나은 점이었다. 물론 당시는 얼마 후부터 그 양복을 입지 못하게 되리라는 것과 곧 남자에 비해 나은 게 하나도 없는 처지가 되리라는 걸 몰랐다.

  남자는 바로 용건을 꺼냈다. 자신만만한 말투였다. 어려 보이는 인상과 달리 인생을 깔보는 사람이었다. 마음먹은 대로 안 된 일이 없다는 태도였다. 카페에 있는 다른 사람을 신경쓰지 않고 윗옷을 걷어 칼에 찔린 자국을 보여주었다. 장이수가 흉터를 보고 얼굴을 찡그리자 남자가 이런 건 아무것도 아니라고 말했다. 더 무서운 건 흉터도 남지 않는다며, 둘 중 무엇을 고르겠느냐는 듯 장이수를 빤히 봤다. 그렇게까지 하는데 얘기가 안 통할 리 없었다. 게다가 남자는 장이수에 대해 알고 있었다. 특히 장이수가 여자와 채팅하면서 건넨 사진을 잘 알았다. 남자는 웃으며 그의 체격이 사진보다 좋다고 추어줬다.

  장이수는 더 무서운 쪽을 선택했다. 흉터가 남지 않는 대신 돈이 들었는데, 그럴 만한 목돈이 없어서 고객 돈을 건드렸다. 십육 년간 은행에 다니면서 한 번도 해보지 않은 짓이었다. 일단 시도하자 생각보다 너무 간단했다. 바로 들통났다면 거기서 멈췄을 텐데, 발각되기까지 시간이 걸렸고 그러는 사이 액수가 커졌다.

그 일은 장이수가 결코 떠올리고 싶지 않은 기억이었지만 원치 않는다고 해서 막을 수 있는 건 아니었다. 어떤 일은 덮어두고 살아갈 수 없는데, 그 일이 그랬다. 뭔가 망친 기분이 들 때면 어김없이 흉터가 떠올랐다. 남자가 숨을 쉬면 갈라진 배를 형편없이 봉합한 자국이 살아 움직이듯 꿈틀댔다. 지점장에게 불려갔을 때도, 결국 아내가 떠났을 때도, 처음 마을버스를 몰았을 때도, 정류장을 지나쳤다며 승객에게 욕을 먹었을 때도 제 몸에 없는 흉터가 아른거렸다.

다음날 잠에서 깼을 때 전화 생각부터 났다. 장이수는 얇은 이불을 덮은 채 손을 더듬어 휴대전화를 찾았다. 더는 전화가 걸려오지 않았는데도 두려움이 느껴졌다. 술이 깬 탓이었다. 그래도 더 마시진 않을 생각이었다. 그건 원칙에 어긋났다. 장이수는 밤에만 마셨다. 아침에도 마시면 아무것도 아닌 인간, 술만 마시는 인간이 되니까. 장이수는 그런 인간을 잘 알았다. 과거의 자신. 하지만 지나간 일이었다. 지금은 나아졌다. 그 생각에는 변함이 없었다. 장이수는 이불을 걷어차고 밖으로 나왔다.

차고지인 목욕탕에 도착하니 사장이 눈을 부라리며 장이수를 노려봤다. 장이수는 부스스한 머리를 손으로 쓸어내리며 걸음을 서둘렀다. 사장은 삼십 년 전 간판 장사로 시작해 몇 년 후 목욕탕을 인수하고 다시 몇 년 만에 그 자리에 건물을 올렸다. 주말이면 입욕객에게 주는 요구르트 삼백 개가 모두 동이 날 정도로 장사가 잘됐다. 사장은 젖은 머리로 목욕 바구니를 들고 시내버스를 타기 불편하다는 이용객의 불평을 허투루 듣지 않고 셔틀버스를 운행하기 시작했다. 백화점에서나 셔틀버스를 운행하던 시절이었다. 이십오 인승 버스였는데, 매번 사람이 꽉 찼다. 이듬해 여객 자동차 운수 사업법에 따라 셔틀버스 운행이 금지되어 입욕객이 줄었다. 사장은 위축될수록 일을 크게 벌이는 타입이었다. 내친김에 운수업에 등록해 버스 대수를 늘리고 셔틀버스 코스를 노선 삼아 마을버스를 운행했다. 네 대로 시작했는데, 금세 열두 대가 됐다. 버스 번호도 하나 더 등록하고 차량과 노선을 확장해 지금에 이르렀다.

"요샌 잘 자나봐?"

 사장이 출근 시간에 조금 늦은 장이수에게 빈정대며 간이 사무실로 들어갔다. 간밤에 전화를 건 사람이 사장은 아닐까. 쉬고 갈라진 게 딱 사장의 목소리였다. 사장은 집에 돌아가면 밤마다 뭘 하는지 안다는 눈으로 장이수를 훑어보곤 했다. 그렇게 살다가는 곧 죽을 거라고 웃음기 없이 말한 적도 있었다. 사장이 보는 앞에서 술을 마신 것도 아닌데 말이다.

하지만 사장에게는 그럴 이유가 없었다. 무엇보다 사장은 밤늦게 전화를 걸어 수상쩍은 퀴즈를 낼 사람이 아니었다. 하고 싶은 말이 있다면 당장 쏟아붓지, 참지 않는다는 뜻이다.

장이수는 사장을 따라 간이 사무실로 들어갔다. 겨울철이면 기사들은 교대를 기다리며 사무실에 머물렀다. 장이수는 가급적 사무실에 들르지 않았다. 자신에게서 술냄새가 난다는 걸 알아서였다. 보통은 밖에서 교대 버스를 기다렸지만 오늘은 그러지 못했다. 술이 덜 깼는지 추위가 유난했고 사장의 잔소리보다 몸이 떨리는 게 더 싫었다.

사장이 슬쩍 쳐다보기만 할 뿐 자리를 내주지 않아 장이수는 뻘쭘해하며 서 있었다. 사장이 마지못해 몸을 비켜 앉을 자리를 내줬다. 난방이 잘되는 사무실은 딱히 추위가 느껴지지 않았는데, 오래 있으면 그렇지도 않은지 사장의 의자에는 전기방석이 깔려 있었다.

"요새도 못 자요."

장이수가 변명하듯 느리게 말했다. 사장은 대꾸하고 싶지 않다는 듯 앞만 쳐다봤다.

"내가 그렇게 나쁜 놈이에요?"

"아침 댓바람부터 뭔 소리야."

"나쁜 놈이냐고요."

"몰라서 물어?"

사장이 냉담하게 말했다. 장난은 아닌 것 같았다. 장이수가 빤히 쳐다보자 사장이 물었다.

"자네 벌점이 몇 점이야?"

기사 면접을 볼 때 사장은 장이수에게 이전에 무슨 일을 했는지 물었다. 장이수는 장사를 했다고 대답했다. 사장은 거짓말을 감별할 줄 안다는 듯 양복 차림의 장이수를 훑어보았다. 무슨 장사를 얼마나 했는지에 대한 답도 준비해두었으나 사장은 더 질문하지 않았고 이후로도 장사 얘기를 꺼내지 않았다. 장이수가 마음에 안 들 때마다 사장은 그저 벌점을 상기시켰다. 하긴 무슨 얘기를 하겠는가. 벌점이 일정 점수 이상이면 경력 기간을 채운 후에도 시내버스로의 이직은 불가능했다. 자잘한 문제가 계속 쌓여 어쩔 수 없이 마을버스에 남는 기사들이 많았다. 장이수 역시 그렇게 될 것 같았다.

그날 간신히 첫번째 운행을 마친 장이수는 버스에서 내리자마자 구토를 했다. 사장이 그런 장이수를 지켜보며 혀를 찼다. 빈속이어서인지 침만 질질 흘렀다. 승객이 교통카드를 찾느라 가방을 뒤적이며 시간을 끌기만 해도 긴장해서 몸이 굳었다. 조금만 생각하면 누구도 자신을 위협하지 않는다는 걸 알 수 있었지만 신호를 기다리는 동안, 승객이 내리기를 기다리는 사이, '당신'이라고 부르던 어젯밤의 목소리가 떠올랐다. 그러느라 두 번이나 아찔한 순간이 있었는데 다행히 승객들은 아무도 알아차리지 못했다.

다음 운행에서는 차선을 바꿔 추월하다가 마주오는 차와 충돌할 뻔하면서 급정거를 했다. 승객 한 명이 똑바로 운전하라고 소리쳤다. 장이수는 별 대꾸를 하지 않았다. 그런 얘기는 자주 들었다. 자신에게 의지해서 이동하는 사람들이 자신을 종 부리듯 하며 제대로 하라고 소리질렀다. 특히 비가 오거나 눈이 와서 실내가 미끄러울 때면 더욱 그랬다. 매번 안전 고지를 하기는 힘들었다. 그런 건 솔직히 알아서 챙겼으면 싶었다. 장이수가 아무리 말해도 승객들은 듣고 싶은 말만 들었다. 심지어 정류장 안내 방송을 놓치고 왜 방송을 틀지 않았느냐며 화를 내는 사람도 있었다. 손잡이를 잡으라거나 위험하니까 주행중 이동하지 말라는 말은 귀담아듣지 않으면서 막상 위험이 닥치면 전부 장이수 탓을 했다. 사람들을 그저 정해진 곳으로 태워다줬을 뿐인데, 누군가에게 욕을 먹고 위협하는 말을 듣는 처지가 된 것이다.

주행 내내 장이수는 자신에게 전화를 걸었을 만한 사람들을 떠올려봤다. 얼마 전 기사들과 함께 회식하러 간 노래방에서 도우미에게 전화번호를 알려달라고 떼를 썼다가 욕을 먹은 적이 있었다. 불쾌해하며 손을 뿌리쳤던 도우미가 전화를 걸었을지도 몰랐다. 술에 취해 빌라 화단에 오줌을 누다가 이웃에게 걸려 욕을 먹은 일도 생각났다. 발끈해서 대거리를 했다가 경찰이 출동하는 소동이 벌어졌다. 배차 간격이 길다고 투덜거리며 버스에 올라탄 남자를 골려주려고 급정거를 했고, 사무실까지 찾아와 항의하는 남자의 멱살을 잡기도 했다.

당연히 오래전의 일도 떠올랐다. 은행에 근무하던 시절, 대출이 필요한 사람들에게 끝도 없이 서류를 제출하게 만든 일 같은 것이. 재량으로 넘어갈 수 있는 부분이었는데 그렇게 하지 않았다. 순전히 상대에게 굴욕감을 주고 자신의 지위를 과시하고 싶어서였다. 그때 가슴팍에 달린 명찰을 보고 장이수의 이름을 잊지 않겠다는 듯 여러 번 되뇌고 간 사람도 있었다. 원금 손실 가능성을 고지하지 않고 펀드 가입을 유도한 일도 비일비재했다. 만기일이 되어 황망한 표정을 짓는 노령의 고객들에게 장이수는 그들이 직접 서명한 종이를 보여줬다. 당연히 그들은 약정서를 읽지 않았고 장이수가 시키는 대로 그저 절차라는 말에 따라 서명했을 뿐이었다.

도대체 어디까지 삶을 되짚어야 할까. 하루치 운행을 마치고 집으로 돌아가는 내내 장이수는 휴대전화의 검은 화면만 노려보았다.

이윽고 다시 밤이 되었다. 술 한 방울 마시지 않고 버텼지만 자정이 가까워지도록 전화는 걸려오지 않았다. 장이수는 참다못해 연락처 목록을 살폈다. 줄지어 있는 이름들을 보면 뭔가 떠오를 것이라 생각했고 실제로 어떤 일이 떠오르기도 했다. 그들에게 들은 말도 생각났고 자신이 퍼부은 말도 생각났다. 모두 오래전 일이었다. 목록에 있는 사람 중 요사이 연락을 나눈 사람이라고는 사장뿐이었다. 장이수가 지각한 날이면 사장은 어김없이 벌점을 알리는 문자 메시지를 보내왔다.

　자정이 넘도록 여자에게 전화가 걸려오지 않자 조금 홀가분한 기분이 들었다. 지나간 나날이 완전히 묻힌 듯했다. 오래지 않아 장이수는 자신이 무척 허탈해한다는 것을 깨달았다. 어젯밤만 해도 그에게는 화를 내거나 분노를 퍼부을 사람이 있었다. 여자는 왜 다시 전화하지 않을까. 어째서 분노를 이어가지 않을까. 장이수는 다시 전화번호 목록 창을 열었고, 그중 조금이라도 의심쩍다 여겨지는 사람에게 먼저 전화를 걸어보기로 했다. 어젯밤의 여자처럼 발신자를 숨기고 전화를 걸 작정이었다. 전화를 받는 상대에게서 나는 쇳소리를 가려낼 수 있을 것이다. 그게 어렵다면 여자가 그랬듯이 톤을 높여 자신이 누군지 모르느냐고 물어볼 수도 있을 것이다. 하지만 약속이라도 한 듯 아무도 전화를 받지 않았다.

　이번에 장이수는 발신자를 감추지 않고 전화를 걸어보았다. 역시 전화를 받는 사람은 없었다. 그래도 두 통의 문자 메시지가 도착하긴 했다. 하나는 다시는 연락하지 말라는 으름장이 섞인 문자였고 다른 하나는 전화를 받을 수 없으니 나중에 연락하겠다는 자동 발신 문자였다.

장이수는 그 문자들을 여러 번 반복해서 읽었다. 한때 많은 사람에게 사정을 털어놓은 적이 있었다. 도움을 받기도 했다. 도와주지 않는 사람에게는 참지 않고 비난을 퍼부어댔다. 그들이 미워서가 아니었다. 수치심 때문이었다. 수치심은 그를 고통스럽게 했다. 그 때문에 죽을 것 같다고 생각했지만, 그런 일은 벌어지지 않았다.

이제는 아니었다. 그에게는 술이 있었다. 술은 그 모두를 잊게 해주었다. 그건 오늘처럼 한 방울도 마시지 않은 날이면 그 모든 게 고스란히 곁에 머문다는 뜻이었다. 그 사실을 누군가에게 말하고 싶었지만 그럴 만한 사람이 없었다. 여자에게 전화가 걸려와야 그 말을 할 수 있을 것이다. 여자 역시 수치를 느낀 적 있을 테니까. 혹은 이 일로 수치를 느끼게 될 테니까. 그는 자신만이 여자를 이해한다고 생각한 나머지 여자의 전화가 계속되기를 바랐다. 오늘이 아니면 내일이라도. 어떤 인생은 미움과 원망 같은 것으로 근근이 이어지기 마련이었다. 그는 그것이 자신의 인생이라고 생각했다.

신발이 마를 동안

외판원은 오전 열한시쯤 엄마가 일하는 사무실 문을 슬며시 열었다. 그 시절에는 그런 사람들이 있었다고 엄마는 말했다. "어떤 사람들?" 하고 물으니 사무실에 불쑥 들어와서 영어 회화 테이프를 내밀거나 세계문학 전집을 소개하는 팸플릿을 건네는 사람, 혹은 아크릴 상자를 메고 한밤에 술집으로 들어와 망개떡이나 비닐로 싼 장미꽃 한 송이를 파는 사람들이라고 했다.

왜 그렇게 허접한 물건을 돌아다니며 팔았느냐고 물었더니 그런 게 필요한 때가 있었다고 대답했다. 사무실에 있으면 영어를 공부하고 싶어지고—회사에서 써먹기 위해서가 아니라 더 좋은 곳으로 이직하기 위해서—, 술을 먹다보면 탄수화물이 당기기 마련이고, 또 느닷없이 아무에게나 장미꽃을 내밀고 싶은 마음이 생기기도 한다고.

아무튼 외판원은 문가에 서서 인사를 하고는 잠시 엄마를 쳐다보았다. 딱히 쳐다볼 다른 사람이 없기도 했다. 그날 사무실에는 엄마뿐이었다. 나머지 세 사람—사장과 이사, 부장이었다—은 모두 외근중이었다. 어쩌면 출근하지 않은 것인지도 몰랐고 출근하자마자 남성 전용 사우나에 간 것일 수도 있었다. 엄마가 아홉시 조금 전에 출근했을 때 자리에는 아무도 없었고 열한시가 넘도록 그들에게서는 어떤 연락도 오지 않았다.

세 사람은 자리를 비우는 용무를 엄마에게 알리지 않았다. 이사는 사장에게, 부장은 이사와 사장에게 어딜 간다거나 어느 업체를 방문하고 오겠노라 보고하는 모양이었지만 엄마에게는 그런 말을 남기지 않았다. 세 사람이 자리에 없을 때 그들을 찾는 전화가 걸려오면 엄마는 언제나 외근중이라고 대답했다. 엄마는 그들의 외근을 좋아했다. 누군가 외근을 하면 그만큼 사무실 면적이 늘어난 듯했다. 세 사람이 동시에 외근이라도 하는 날은 휴가를 받은 기분이었다.

엄마는 고등학교를 졸업하자마자 입사해 그해 스무 살이었다. 각종 고철을 파는 회사였는데, 고물상을 하는 건 아니고 외국에서 비철금속을 사다 국내 업체에 팔았다. 사장 말에 의하면 창고에 물건을 쟁여두고 매수자에게 내주는 방식이 아니라 컨테이너째 업체에 넘기는 식으로 매수자와 매도자를 중개했다. 면접을 볼 당시 사장은 엄마에게 주로 무역 업무를 하게 될 거라고 했다. 막상 입사하고 나니 무역 일은 얼마 안 됐고 경리 일이 많았다. 학교를 다니는 동안 대차대조표나 손익계산서 작성법을 배우고 부기 과목의 시험도 봤지만 엄마가 경리로서 하는 일은 세 사람에게 영수증을 받아 겉장이 검고 딱딱한 장부에 내역을 표기하고 사용 금액을 적는 것뿐이었다. 그 외엔 딱히 업무라 할 수 없는 일이 더 많았다. 사장, 이사, 부장이 하는 일을 제외한 모든 일, 예컨대 커피나 음료가 떨어지지 않게 구입해두고 사무실 쓰레기통을 비우고 하루에 한 번씩 바닥을 쓰는 일, 사무용품을 구입하고 인쇄소를 다니며 각종 양식을 출력해두고 월말에 사무실 월세와 관리비를 보내고 은행에서 지로를 처리하는 일 등등.

간혹 좋은 회사라는 생각이 들 때도 있었다. 아침잠이 많은 엄마가 지각을 해도 부장이 "늦었네" 하고 사실만 짚을 뿐 누구도 잔소리를 하지 않았다. 이사가 외근을 하고 돌아오는 길에 갓 튀긴 도넛이나 호두과자 같은 군것질거리를 사서 봉투째 엄마에게 주기도 했다. 무엇보다 친구들 말을 들어보면 허구한 날 수당도 없는 야근을 한다던데, 엄마는 일이 많지 않아 늘 제시간에 퇴근할 수 있었다.

좋은 기분은 오래가지 않았다. 입사 석 달째―지난달이었다―가 되자 친구들의 회사와 비교하면 어째서 급여가 적은지 못마땅한 기분이 들었다. 이번달 들어서는 나날이 더 싫어지고 있었다. 사장이나 이사가 점심으로 먹은 배달 음식 그릇에 신문지를 덮어 문 앞에 내놓는 일도 싫었고, 사무실에서 울리는 전화를 언제나 가장 먼저 받아야 하는 것도 싫었다. 세 사람은 버젓이 자기 책상 전화가 울릴 때에도 전화를 받지 않았다. "왜 전화를 안 받아?" 하고 나는 황당해하며 물었다. 엄마가 당연한 걸 묻는다는 듯 그거야 여직원이 먼저 전화를 받고 자기에게 연결해주어야 회사에 직원이 많아 보이기 때문이라고 대답했다.

외판원은 자연스럽게 엄마에게 다가오더니 책 소개가 담긴 팸플릿을 내밀었다. 알록달록한 팸플릿보다 외판원의 재킷이 잔뜩 젖어 있는 게 눈에 띄었다. 우산이 소용없을 정도로 비가 오는가 싶어 슬쩍 창밖을 보는데, 외판원이 작게 뭐라고 중얼거리기 시작했다. 갑자기 웬 낚시꾼 얘기인가 싶었는데 팸플릿 속 어느 책의 줄거리인 모양이었다.

길고 지루한 설명을 마치고 외판원은 쑥스러운 듯 다소곳이 서서 엄마의 처분을 기다렸다. 엄마는 책을 사고 싶은 생각이 하나도 없었다. 외판원이 줄거리를 읊은 소설도 따분하기만 했다. 무엇보다 급여를 받아도 이러저러한 지출을 제하면 차비와 약간의 비상금만 남았다. 친구들과 두어 번 만나 겨우 자기 몫의 밥값을 치를 수 있는 액수였다. 그 돈을 헐어 책을 사고 싶지 않았다.

엄마는 팸플릿을 도로 내주고는 이내 하던 일로 돌아갔다. 전날 부장이 가져다준 영수증을 풀칠해 장부에 붙였다. 분식집에서 결제한 영수증을 붙이고 도대체 혼자서 뭘 얼마나 먹어야 이 가격이 나오는지 생각하자 부장이 조금 미워졌다. 회사가 싫어지는 데는 그런 이유도 있었다. 나날이 쪼잔해지고 공연히 사람이 미워지는 것.

외판원은 그럴 줄 알았다는 듯 미련 없이 팸플릿을 접어 검정 가방에 넣었다. 당연히 그대로 나갈 줄 알았는데 문 앞에서 주춤거렸다. 뭐지? 엄마의 생각을 알아차린 듯 그는 미소를 짓더니 엄마에게 물었다.

"비가 너무 많이 와서 그러는데 잠깐 앉았다 가도 되지요?"

딱히 허락을 기다린 건 아니라는 듯 능숙하게 의자를 빼고 앉더니 이번에는 테이블 옆에 놓인 수납장에서 믹스커피를 집어들었다.

"목이 마른데 커피 좀 마셔도 되지요?"

뒤늦게 양해를 구하는 게 못마땅했지만 엄마는 잠자코 있었다. 어째서인지 그의 행동이 너무 자연스러웠다.

외판원은 믹스커피 두 개를 한 번에 종이컵에 붓더니 정수기에서 뜨거운 물을 받아 커피 봉지로 천천히 저으며 엄마에게 걱정 말고 일하라는 듯 다시 웃어 보이고는 자리에 앉았다.

엄마는 파티션 아래로 최대한 몸을 숙이고 슬며시 고개만 들어 그가 무엇을 하는지 살폈다. 위험한 사람은 아닐까. 아무래도 사무실에는 엄마 혼자뿐이니까 그런 생각도 들었다. 무거워 보이는 가방 안에 팸플릿만이 아니라 흉기나 연장도 든 게 아닐까. 그 생각을 오래하지는 않았다. 외판원이 커피를 마시며 테이블 위에 놓여 있던 신문을 펼치더니 천천히 읽기 시작했기 때문이다. 그러자 그는 부장이나 이사처럼 원래 그 자리에 있던 사람 같았다. 사장은 절대 신문을 보지 않았다. 그런데도 부장이나 이사가 어떤 안건에 대해 말을 꺼내면 결국 더 많이 말했다. 그런 사장에게서 엄마는 모르는 것에 대해 말할수록 말이 많아지는 법이라는 걸 배웠다.

그런 점에서 묵묵히 신문만 읽는 외판원은 거슬릴 것이 없었다. 그는 활자를 읽는 일에 익숙해 보였다. 지루하기는 했으나 그래도 술술 책 얘기를 하는 사람이니까. 그때나 지금이나 엄마는 책을 읽는 사람은 나쁜 짓을 하지 않는다고 믿었다.

조심스럽게 남자를 훑어보다가 신발에 눈이 닿았다. 신발은 완전히 젖어 있었다. 엄마는 밑창이 닳아 물이 다 샜을 낡은 구두를 잠시 들여다보았다. 엄마는 그가 거기 앉아 있도록 내버려두기로 했다. 하루종일 커다란 가방에 팸플릿과 견본 도서를 가지고 다니면, 낯선 사람을 만날 때마다 길고 지루하게 소설 줄거리를 소개해야 한다면 지치기도 할 것 같았다. 게다가 오늘 같은 날 신발이 다 젖도록 돌아다녀야 한다면. 어쨌거나 그는 용기 있는 사람이었다. 낯선 곳에 들어가 모르는 사람에게 말을 걸고 자기 용건을 밝히는 것은 누구에게나 쉽지 않은 일이었다.

얼마 전 엄마는 부장이 시켜서 한 업체를 방문한 적이 있었다. 부장은 엄마에게 주소와 담당자 이름이 적힌 쪽지를 주면서 봉투―내용물은 말해주지 않았다―를 꼭 받아오라고 일렀다. 엄마는 부장에게 받은 차비로 강남까지 택시를 타고 갔다. 대로변의 사무실에 들어가 가장 먼저 눈이 마주친 남자에게 쪽지에 적힌 이름을 댔다. 그는 엄마를 위아래로 훑어보더니 잠깐만 기다리라고 했다.

엄마는 그대로 문가에 서 있었다. 어디에 앉으라거나 어디로 따라오라는 별도의 말이 없어서였다. 사무실은 크지 않았지만 직원이 많았고 끊임없이 전화가 울렸다. 사람들이 문가에 서 있는 엄마를 지나쳐 사무실을 드나들었고 엄마를 전혀 신경쓰지 않고 전화를 받거나 커피를 마시거나 옆 사람과 잡담을 나눴다. 엄마에게 잠깐 기다리라고 한 남자는 사람을 찾아주는 걸 잊었는지 누군가와 전화통화를 하며 시시닥거렸다.

엄마는 계속 서 있었다. 전화를 끊은 후 다시 엄마와 눈이 마주친 남자가 그제야 오른쪽 뒤편으로 고개를 돌리더니 누가 찾아왔다고 소리쳤다. 그러자 오락실 게임처럼 파티션 위로 한 남자의 머리가 조금 나타났다가 이내 사라졌다. 곧 나오겠지 했는데 그게 다였다. 자기를 찾아왔다는데 어째서 나와보지 않는 걸까. 무엇보다 이렇게 내내 서 있는데 누구도 어디에 앉아서 기다리라거나 얼마나 기다리라고 말해주지 않는 걸까.

한 남자가 문을 열고 들어와 엄마를 지나쳐가면서 누구냐고 물었다. 엄마가 잠자코 있자 맨 처음 눈이 마주쳤던 남자가 큰 소리로 엄마의 회사 이름을 댔다. 누구냐고 물은 사람이 알아들었다는 듯 고개를 끄덕였지만 그 역시 엄마에게 왜 서서 기다리는지 묻거나 어디에 앉으라고 말해주지 않았다.

사무실 한쪽에 테이블과 소파가 마련되어 있었으므로 엄마는 누군가가 챙겨주지 않더라도 거기에 가서 앉을 수도 있었다. 하지만 처음에는 곧 나오겠지 싶어서, 조금 지나자 그럴 타이밍을 놓쳐서, 나중에는 오기로 무작정 서 있었다. 서 있는 동안 부장이 찾아가라던 사람을 미워하는 마음이 커졌다. 미워하는 것 말고는 할 게 없었다. 그는 부장이 말한 봉투를 줄 생각이 없어 보였다. 여기저기 전화를 걸어서 아쉬운 소리를 했고 전화를 끊으면 잠깐 한숨을 내쉬고 다시 전화를 걸었다. 그런 식으로 두 시간 정도가 지난 다음 겨우 일어나 엄마에게로 와서는 내일 다시 오라고 했다.

엄마는 고개를 저었다. 부장이 오늘 꼭 받아오라 했다고 전했다. 그는 엄마가 보는 앞에서 부장에게 전화를 했고, 내일 주겠다고 사과하고 사정했다. 하지만 계속 서서 기다린 엄마에게는 사과하지 않았다. 어째서, 기다린 것은 난데. 엄마는 받은 물건이 없으므로 택시를 타지 않고 버스를 갈아타고 회사로 돌아갔다. 퇴근 시간은 지났고 사무실 불은 모두 꺼져 있었다. 외근을 시킨 부장에게도 화가 났지만 화를 낼 부장도 없었고 부장이 남아 있었다 해도 싫은 소리를 못했으리라는 생각에 더 우울해졌다.

다음날은 두 가지 결심을 하고 출근했다. 다시 외근을 가게 되거든 누군가 배려하지 않아도 소파에 앉겠다는 것과 시간이 지나면 복귀하지 않고 곧장 퇴근하리라는 것이었다. 하지만 부장은 엄마에게 외근을 시키지 않았다. 출근하는 길에 직접 들렀다 왔는지 사무실에 오자마자 엄마에게 봉투를 건네주었다. 거기에는 그 회사에서 발행한 어음이 들어 있었다. 어째서 그 사람은 부장에게는 바로 내어주는 어음을 엄마에게는 시간만 끌고 내주지 않았을까.

그 일 때문인지 외판원이 잠시 앉겠다고 하자 엄마는 황당하기는 해도 납득할 수 있었다. 사람은 어디서나 앉고 싶으면 앉아야 했다.

앉아 있기만 해도 시간이 흘러 점심시간이 되었고 엄마는 늘 그랬듯 도시락을 꺼냈다. 뚜껑을 열자 비 때문에 밥 냄새가 더 진하게 풍겼다. 엄마가 민망해하는 찰나 외판원도 냄새를 맡았는지 신문지를 접는 소리가 들렸다. 엄마는 조금 움찔했다. 파티션 너머로 살짝 고개를 들어보니 외판원은 접은 신문지로 부채질을 하고 있었다. 아무래도 냄새가 나지 싶어서 엄마는 할 수 없이 도시락통 뚜껑을 덮었다.

"맛있게 드세요."

외판원이 크게 말했다. 엄마는 잠시 망설이다가 간식으로 책상 서랍 맨 마지막 칸에 넣어둔 에이스 크래커를 꺼내 말없이 내밀었다.

"주면 먹지요."

외판원은 응당 그래야 한다는 듯 다시 믹스커피를 타서 크래커를 야무지게 찍어 먹었다. 엄마도 눈치보지 않고 점심 도시락을 먹었다.

엄마가 화장실에서 양치질을 하고 오니 외판원이 메모지를 건네주었다. 그사이 전화가 걸려와서 자기가 받았다고 했다. 메모지에는 일전에 엄마가 심부름을 다녀왔던 업체의 대표 이름이 적혀 있었다. 엄마는 다른 메모지에 업체 이름과 전화 온 시각을 적어 사장 자리에 올려두었다. 외판원이 엄마에게 일을 깔끔하게 잘한다고 추어주었다. 고작 메모지 하나 옮겨 적은 것에 불과한데도. 생각해보니 회사일로 칭찬을 받은 적이 거의 없어서 엄마는 조금 민망해졌다.

  그러고 나서 외판원은 다시 태연히 의자에 앉았다. 그만 가줬으면 하는 마음이 컸지만 그의 신발이 아직도 젖어 있어서 엄마는 나가달라는 말을 하지 못했다. 밖에는 여전히 세차게 비가 내리고 있었다. 엄마와 눈이 마주치자 외판원이 씩 웃어 보였다. 엄마는 그의 눈을 피해 고개를 푹 숙였다. 사무실에 있는 동안 누군가와 눈을 마주치고도 웃지 않은 건 오랜만이었다. 엄마를 '미스 강'이라고 부르는 사장과 이사, 부장은 엄마가 웃지 않으면 회사의 꽃은 여자라는 둥, 웃는 여자는 다 예쁜데 미스 강은 왜 안 웃느냐는 둥, 웃지 않으니 안 예쁜 꽃이라는 둥의 말을 농담이랍시고 했다. 회사가 싫어지는 데는 그런 이유가 컸다. 웃고 싶을 때가 거의 없는데도 단지 그런 말을 듣기 싫어서 웃고 넘어간다는 것.

당시 엄마가 좋아하던 농담에는 그런 게 있었다. 『리더스 다이제스트』였나 하는 잡지에서 읽은 것인데 회의중에 사장이 한 재미없는 농담에 단 한 명의 사원만 웃지 않았다는 얘기. 민망해진 사장이 사원을 쿡 찌르며 왜 안 웃냐고 묻자 그 사원이 "저는 내일 관두는데요" 하고 대답했다는 얘기. 엄마는 사장, 이사, 부장에게 기분 나쁜 농담을 들을 때마다 언젠가 꼭 그 말을 써먹겠다 생각했다.

두시가 조금 넘었을 때 문이 벌컥 열렸다. 노크도 없이 문을 연 남자는 자신이 이런 날씨에 돌아다니게 된 것에 화가 난 듯 우산을 문에 대고 탁탁 치며 물기를 털었다. 누구냐고 묻지 않았지만 누구인지 알 것 같았다. 며칠 전부터 회사에는 종종 화가 난 사람들이 들이닥쳤기 때문이었다. 사장이 없다고 하면 이사, 부장 순으로 상사들을 찾다가 모두 없다는 걸 알면 엄마가 그들을 빼돌리기라도 한 듯 소리를 치는 사람들.

남자가 "사장은?" 하고 반말로 물었다. 엄마는 벌써 퇴근했다고 거짓말했다. 자연스럽게 거짓말을 한 것이 창피했다. 그 대답으로 남자의 반말을 용인한 듯 보일까봐 걱정되기도 했다. 남자가 어이없다는 표정을 지었고 그럴 권리가 있다는 듯 비어 있는 부장 자리로 가더니 수화기를 들고 어디론가 전화를 걸었다. 아마도 사장의 집에 거는 것이겠지. 아무도 전화를 받지 않자 남자는 수화기를 내려놓고 그대로 부장 자리에 앉았다.

"시간도 많은데 기다리지, 뭐."

남자가 외판원을 힐끔대고는 눈을 감고 의자에 등을 기댔다.

대각선 앞자리였기 때문에 남자의 숱 없는 머리통을 보지 않으려면 엄마는 등을 더욱 동그랗게 구부려 키를 낮춰야 했다. 어쩌면 남자는 외판원 역시 채무 때문에 사장을 만나러 온 사람이라고 생각했을지도 몰랐다. 채무 이행 순서에서 밀릴까봐 버티고 있기로 한 것이다. 엄마는 남자에게 테이블에 있는 사람은 그저 외판원으로, 책을 팔려다 실패하고 젖은 신발을 말리려고 잠깐 앉아 있는 것뿐이라고 말하고 싶었으나 입을 다물었다.

외판원이 슬그머니 일어나 남자에게 가더니 팸플릿을 내밀었다. 인기척에 눈을 뜬 남자가 "뭐요?" 하고 신경질적으로 물었다. 외판원은 남자에게 오전에 엄마에게 떠들었던 소설의 줄거리를 얘기하기 시작했다. 노인이 청새치와 사투를 벌이는 대목에 다다르자 남자는 별꼴을 다 본다는 듯 벌떡 일어서더니 우산을 들고 나가버렸다. 외판원은 그를 따라 복도까지 나가며 계속 소설 이야기를 이어나갔다.

두 사람이 사무실을 나가자 이상한 고요가 찾아들었다. 엄마는 더는 낯선 사람들과 함께 있지 않아도 된다는 것에 안도했지만 곧 외판원이 돌아왔다. 그가 좀전의 테이블에 다시 앉으며 말했다.

"비가 여전히 많이 오네요."

"그러네요."

외판원이 남자를 쫓아준 게 고맙기는 해서 엄마는 처음으로 대꾸했다.

"앞으로도 그럴 거예요."

엄마가 그 말의 의미를 생각하는 사이 그가 말을 이었다.

"어떤 사람에게는 비가 더 많이 와요. 그럴 때가 있겠지만 우산도 꼭 쓰고 신발도 잘 말려 신으면 됩니다."

아마도 엄마를 생각해서 한 말이겠지만, 그 말은 엄마를 다치게 했다. 처음 만난 사람에게도 괜찮지 않다는 게 보일 정도구나 싶어서였다. 외판원은 자신이 관상을 잘 본다거나 예지력이 있다는 말로 수작 비슷한 농담을 하지도, 신빙성을 더하려고 애쓰지도 않은 채 좀더 앉아 있었다. 그러다 문득 본래 용무를 상기한 듯 팸플릿을 한 장 건네주며 다시 오겠다고 인사하고 사무실을 나갔다.

퇴근 시간이 되어 사무실 문을 닫기 전 엄마는 외판원이 앉았던 자리를 쳐다보았다. 바닥에 신발 모양의 물자국이 조금 남아 있었다. 그가 여전히 그 자리에 있는 듯했다.

그날 이후 엄마는 비가 오지 않는 날이면 자꾸 문 쪽을 기웃거렸다. 비가 오는 날이면 젖은 신을 신고 다니는 사람들을 쳐다보며 걸었다. 젖은 마음은 어떻게 붙들어야 하는지 생각하다보면 자신에게 신발 모양의 물자국이 생기는 것만 같았다. 엄마는 자신이 외판원에게 무슨 잘못을 했는지, 그래서 외판원이 서운한 마음에 악담을 던진 것은 아닌지 생각했고, 잘 알지도 못하는 사람의 불길한 예언에 휘둘리는 자신에게 화가 났다. 아마도 외판원은 자신의 말이 한 사람의 허약한 마음에 본의 아니게 어두운 그림자를 드리웠다는 걸 영영 모를 것이다. 되는대로 내뱉은 말에 불과할 테니까. 인상을 남기고 싶었는지도 모른다. 돌아다니며 책이나 파는 주제에. 나쁜 생각이 들 때면 엄마는 사장이나 이사, 부장과 거래처 사람들에게 그러는 것처럼 외판원을 미워하는 쪽을 택했다.

미워한 사람치고 엄마는 내게 외판원 얘기를 자주 한다. 엄마가 그 얘기를 반복하는 이유는 간단하다. 내가 언제나 즐겁게 듣기 때문에. 특히 나는 엄마가 외판원의 젖은 신발을 들여다보는 부분을 좋아한다. 누군가의 신이 낡은 걸 알아차리면 결코 그 사람을 미워하지 못하게 되니까. 그 무렵 많은 사람을 미워할 수밖에 없었던 엄마도 실은 외판원만은 그다지 미워하지 않았을 것이다.

"한 번 본 사람을 어떻게 안다고, 비가 많이 오니 우산을 잘 쓰라니 하는 말을 한다니."

몇 번이고 이 얘기를 들은 적 있는 나는 엄마의 부드러운 핀잔 후에 이야기가 이어질 것을 안다. 얼마 후 다니던 회사가 도산하면서 새로운 직장을 구한 엄마가 외판원을 우연히 다시 만나게 되었다는 것과 이후 시간이 훌쩍 지나 그가 나의 아빠가 되었다는 것도 안다.

새 직장에서의 업무에 익숙해질 무렵 엄마는 회사 건물 로비에서 서성이고 있는 외판원을 보았다. 그는 검정 가방을 드는 대신 회사 로고가 새겨진 작업복을 입고 있었다. 엄마는 대번에 알아보았으나 그는 엄마를 기억하지 못했다. 다만 비가 많이 오던 어느 날 한 사무실에서 시간을 보낸 일과 에이스 크래커를 얻어먹은 일은 선명히 기억했다. 엄마가 화난 투로 어떤 사람에게는 비가 더 많이 온다더라는 불길한 예언을 상기시키자 그는 "그러면 큰 우산을 쓰고 다니셨어야죠" 하고 아무렇지 않게 대답했다. 어이없었지만 딱히 틀린 말은 아니었다. 머쓱해진 엄마는 왜 외판원을 그만두었느냐고 물었다. 그는, 전기공은 비가 오는 날 바깥에서 일을 하지 않기 때문이라고 대답했다.

공사를 마치고 외판원은 엄마가 일하는 사무실로 찾아와 미안하다고 사과하며 큰 우산을 주고 갔다. 엄마가 병 주고 약 주는 거냐고 했더니 그는 작은 소리로 이제는 약만 주겠다고 대꾸했다. 영 자신 없는 말투였으나 엄마는 그 말을 기억해뒀다. 물론 그 약속은 거의 지켜지지 않았다. 엄마에게 비가 더 많이 내리리라는 말은 결국 들어맞기는 했다. 수년 후 내가 태어나고 얼마 지나지 않아 그가 작업을 하다가 추락하는 사고를 당하면서, 엄마는 폭우 속에 홀로 서 있는 기분을 느껴야 했기 때문이다.

엄마의 외판원 이야기는 그가 우리 곁을 너무 빨리 떠난 것에 대한 원망으로 끝나지 않는다. 엄마는 그저 다시 신발 얘기로 돌아간다. 외판원이 내내 젖은 신발을 신고 있었던 것에 대해서. 그가 돌아가고 바닥에 남은 신발 모양의 물기에 대해서. 영영 마르지 않을 것 같은 그 물기에 대해서.

아는 사람

승주는 스타벅스 음료 주문대에 서 있었다. 점심시간이어서인지 승주 뒤쪽으로 사원증을 목에 건 사무원들이 길게 줄을 섰다. 음료를 주문하고 뒤돌아서며 승주는 유미를 알아봤다. 얼굴을 본 것은 아니고 사원증에 적힌 이름을 먼저 봤다. 누구에게나 익숙한 성과 이름이었다. 학교 시절 한 반에 한 명 정도는 있을 듯한 이름. 승주는 곧장 유미에게 다가가 출신 초등학교가 어찌되는지 물어보았다. 얼떨떨한 말투로 유미는 학교 이름을 댔다. 승주는 너 맞지, 내가 알아봤지, 하고 알은체했다. 유미는 승주를 기억하지 못하는지 조금 당황한 듯 보였지만 낯이 익다고 말해주었다.

"내가 금세 전학을 갔어."

유미가 미안하지 않게 승주가 얼른 덧붙였다. 더는 할말이 없기에 승주는 어색해하며 제 명함을 건넸다. 유미도 근처 자동차 회사 로고가 찍힌 명함을 주었다. 연락처를 주고받았지만 승주는 유미에게 연락하지 않았다. 당연히 유미에게서도 연락이 오지 않았다.

승주는 학기초에 이사를 가면서 유미와 멀어졌고 곧 소식이 끊겼다. 아빠는 이사간 곳이 알려지면 안 된다면서 편지도 못 보내게 했다. 그럼에도 승주는 아는 사람들에게 몰래 편지를 보냈다. 집주소를 알면 집으로 보내고 다니는 교회를 알면 그리로, 모르면 학교로 보냈다. 제집 주소를 적을 수 없어서 편지 겉봉에 일본 도쿄에서, 라고 적었다. 한 번도 도쿄에 가본 적 없었고 어떻게 봐도 항공우편이 아닌데도 그렇게 했다. 소인이 찍힌다는 건 미처 고려하지 못했다. 그 사실을 뒤늦게 깨닫고 한동안 승주는 집으로 사람들이 들이닥치는 것은 아닌지, 다시 한밤중에 이사를 가야 하는 건 아닌지 겁에 질려야 했다.

답장을 받을 수 없었으므로 친구들이 자신의 편지를 제대로 받았는지, 편지를 읽고 무슨 생각을 했는지 알 수 없었다. 승주는 어떤 편지에는 자신의 가족이 야반도주—당시에는 그 말을 몰랐다—를 한 것은 아니라고 해명하며 갑작스럽게 이사할 수밖에 없었던 사연을 지어냈다. 어떤 편지에는 책에서 본 교토의 사찰에 대해 쓰면서 지난 주말에 다녀왔다고 적어서 보냈다. 지나고 나서 승주는 오랫동안 그 일을 수치스럽게 기억했다.

승주가 야반도주가 아니라고 굳이 부인한 데에는 이유가 있었다. 보통 그런 식의 이사는 초라하기 마련이었다. 영화나 드라마에서 보면 작은 용달차에 이불로 대충 덮은 장롱을 끈으로 묶어서 실었다. 도망가는 사람들은 용달차 앞자리에 피곤한 얼굴로 구겨지듯 앉아 어두운 숲길을 달려 촌구석으로 들어갔다. 하지만 승주네 이사는 달랐다. 비록 한밤에 이동하기는 했지만, 아빠가 가지고 온 윤이 나고 커다란 새 차—본래 아빠 차보다 컸다—를 타고 동네를 빠져나갔다. 모양새가 초라한 짐을 싣지도 않았고 부모가 울적해하는 기미도 없었다. 엄마와 아빠는 승용차 앞좌석에 앉아서 마치 외식이라도 가는 사람들처럼 시시한 얘기를 나누었다. 얼마 전에 동네에 생긴 전복죽집이 맛있고 양도 푸짐한데 이제 다시는 못 먹겠다는 얘기를 하며 엄마가 피식 웃었던 걸 아직도 기억했다.

차에 타기 전 엄마는 잠옷 차림인 승주에게 지금 이 동네를 떠나야 하니 옷만 갈아입으라고 했다. 정 필요한 게 있으면 책가방에 넣으라고. 다급한 기색은 없었으나 승주는 이번에야말로 아빠가 망했다고 생각했다. 채권자들로부터 서둘러 몸을 피해야 해서 짐을 챙길 겨를이 없다는 뜻이지 싶었다. 승주는 덜 상심하기 위해 최대한 비관적인 미래를 그리며 책가방에 사진 앨범과 필기구, 손때 묻은 인형, 자신이 쓸 차례이던 교환 일기장을 욱여넣었다.

새로운 집에 도착하자마자 승주는 자신의 예상이 완전히 빗나갔음을 알아차렸다. 새집에는 모든 게 충분히 구비되어 있었다. 이전 집보다 거실의 티브이 크기도 컸고, 이후 한 번도 부모가 듣는 걸 본 적은 없지만 그 옆에 턴테이블과 LP판도 놓여 있었다. 부엌에는 조작 버튼이 여럿인 오븐도 설치되어 있었다. 그간 부모의 빈번한 외출이 일을 하기 위해서가 아니라 이 집에 필요한 물건을 사들이기 위해서였다는 듯 말이다.

승주의 방은 드라마에 나오는 아이의 방처럼 꾸며져 있었다. 핑크색 침대에 감동하는 건 엄마뿐이었다. 승주는 핑크색이 지겨웠고 익숙한 자기 방이 그리웠다. 낮은 침대와 머리 자국이 동그랗게 눌린 베개, 엉덩이 부근이 해진 누비 인형 같은 것이 승주의 물건이었다. 승주는 그것들이 소중하고 심지어는 아름답다고 느꼈지만, 사라진 채무자를 대신해 돈이 될 물건을 구하려고 마구잡이로 집을 뒤져볼 사람들이 그걸 알아줄지는 의문이었다.

낯선 동네에서도 부모는 일요일이면 잘 차려입고 승주를 데리고 교회에 갔다. 목사와 인사를 나누고 두툼한 봉투를 헌금함에 넣었다. 매주 주보에는 엄마와 아빠의 이름이 위쪽에 실렸다. 그렇기는 해도 이전처럼 집에 교회 사람들이 몰려와 구역예배를 보는 일은 없었다. 엄마는 이번 이사에는 규칙이 많다고 했다. 동네 사람 누구에게도 사는 곳을 알려주면 안 되었다. 승주는 이사와 함께 이름도 바꾸어야 했다. 엄마는 모든 일이 그렇듯 마치 이 일에도 양면성이 있는 것처럼 말하곤 했다. 승주에게도 아무 의미가 없는 일은 아님을 인지시키려는 듯 이곳이 왜 나은지, 바뀐 이름이 어째서 좋은지 자주 설명했다.

승주는 전학 간 학교에서도 친구를 사귀지 못했다. 개명한 이름은 낯설었고 그간 하도 자주 바뀌어 집주소가 헷갈릴 때도 있었다. 이제 초등학교 6학년인 승주는 벌써 다섯번째 전학이었다. 짝꿍이 어디서 이사를 왔느냐고 물었을 때 승주는 입을 다물어야 했다. 전에 살던 동네를 말하지 않는 것도 이번 이사의 규칙 중 하나였기 때문이다. 짝꿍이 무안한 표정을 지었고 주변 공기가 얼어붙었다.

집에 돌아오면 이사할 때 가방에 챙겨온 교환 일기장을 꺼내 읽었다. 이전 학교에서 담임은 학기초의 서먹한 분위기를 의식했는지 조원끼리 돌아가면서 일기를 쓰라는 숙제를 내줬다. 첫 차례의 일기에는 너나없이 자기소개를 적었다. 승주는 거기에 전부 거짓말만 적었다. 아버지가 군인이어서 전학을 자주 다녔다고 썼고, 고양이를 키워본 적도 없으면서 키우던 고양이를 얼마 전 떠나보냈다고도 썼다. 사람들이 들이닥칠 집에 교환 일기장을 두고 올 수 없었던 이유는 그 때문이었다. 자신의 거짓말이 빈집 어딘가에 내내 굴러다닐 것 같아서.

두번째 차례에 가장 먼저 쓴 사람이 한 해 다짐을 쓰자 이어달리기하듯 모두 비슷한 내용을 썼는데, 유미만은 조원들의 자기소개를 읽고 느낀 점을 썼다. 승주에 대해 전학을 많이 다녀 외로웠겠다고 적어주었다. 말을 많이 나누지는 못했지만 고양이를 계속 그리워하는 마음이나 지난번 지우개를 먼저 빌려준 일로 미루어보면 친절하고 다정한 친구라고도 써주었다. 승주는 유미가 자신에 대해 쓴 부분을 여러 번 읽었다. 유미가 쓴 일기에서 '지우개를 빌려준 일'만 사실이었다. 친절하고 다정하다는 평가는 섣불렀지만, 어쩐지 그 말이 좋았다. 그래서 이번 학교에서는 더는 군인과 고양이로 거짓말을 하지 않았고 가급적 친절하고 다정하게 굴려고 애썼다. 만약 승주가 여러 일을 겪는 와중에도 이유 없이 누군가를 향해 웃어주었다면, 그게 상대를 편안하게 했다면, 그건 유미가 써준 문장 덕분이었다.

나아진 생활을 오래 이어나갈 수는 없었다. 이름과 교회와 집을 바꿨어도 사람들은 기어이 부모를 찾아냈다. 시간이 조금 걸리기는 했다. 그러는 동안 중학교에 진학한 승주는 친구들과 어울려 학원에 가고 떡볶이를 먹고 만화 카페에 갔다. 하지만 집 앞에 낯선 어른들이 몰려오면서 친구들과 전처럼 몰려다닐 수 없게 되었다.

어른들은 승주 혼자 집에 있을 때 들이닥쳤다. 인터폰 화면에 여러 사람의 성난 얼굴이 앞다퉈 비쳤다. 그 사람들은 큰 소리로 부모의 이름을 불러댔다. 승주는 일단 부모에게 전화로 이 사실을 알렸다. 그후 승주는 여러 달 부모의 행방을 모른 채 지내야 했다.

집 앞에는 언제나 낯선 사람이 서성이고 있었다. 그들은 승주에 대해 아는 것이 많았다. 개명 전후의 이름과 학교와 학급, 심지어는 학급 번호까지 알았다. 무서웠지만 그들은 승주에게 아무 짓도 하지 않았다. 티브이 뉴스나 드라마에 흔히 나오는 사람들처럼 승주에게 위협을 가하거나 폭력을 행사하려는 기미는 없었다. 당연했다. 그 사람들은 건달이 아니었다. 깡패나 폭력배도 아니었다. 그저 믿었던 지인에게 돈을 잃은 사람들이었다. 승주 역시 믿었던 부모에게 마음을 잃었으니 동지나 마찬가지였다. 처음에 그들을 두려워하던 승주는 곧 동네 어른에게 하듯 인사를 하기 시작했고, 더우니 들어와서 기다리라며 거실을 내주었다. 머뭇거리며 집으로 들어온 그들은 숙제하는 승주에게 방해가 되지 않도록 볼륨을 낮춰 티브이 뉴스를 보았고, 간혹 라면을 끓여주거나 함께 자장면을 시켜 먹었다.

몇 달 뒤 집이 경매로 넘어가고 엄마의 부탁을 받은 이모가 승주를 데리러 올 때까지 그런 일이 계속되었다. 그 집을 떠날 때 승주는 시간이 있었음에도 가방에 수첩이나 앨범,

인형 같은 것을 더는 챙기지 않았다. 그 집에서 생긴 물건들은 하나도 간직하고 싶지 않았다. 자신에게 라면을 끓여주고 자장면을 사준 사람들에게 미안한 일 같았다. 그건 그들의 물건이었다.

이모가 데려간 곳은 낯선 동네의 반지하방이었다. 물막이창이 가리고 있어 햇빛이 거의 들지 않는 방에 엄마 홀로 오도카니 앉아 있었다. 이모에 의하면 아빠는 이미 형사처벌을 받고 있다고 했다. 여러 달 못 본 사이 엄마는 남의 돈으로 얻은 인생의 활기를 모두 잃고 울지도 웃지도 않는 사람이 되어 있었다.

승주는 고등학교를 졸업하자마자 병원 실습을 시작했다. 간호조무사 자격증을 따려면 실습 시간을 칠백팔십 시간이나 채워야 했다. 첫날 소개받아 간 산부인과에서 의료기구 세척 일을 하다 잘렸다. 일을 잘 몰라서 함께하기 어렵다는 말을 들었다. 기분은 상했지만 일자리는 널렸다는 말도 들었다. 그다음으로 요양병원에 갔고, 거기서도 날마다 언제쯤 익숙해질 거냐고 야단을 맞았지만 워낙 일손이 달리는지 잘리지는 않았다.

실습 시간을 모두 채우고 집으로 돌아가는데 조금도 기쁘지 않고 너무 화가 났다. 버스를 타고 가다가 오래전에 살던 동네가 보이길래 충동적으로 내렸다. 승주는 교환 일기를 함께 썼던 친구들의 이름을 여태 기억하고 있었다. 물론 얼굴은 하나도 떠오르지 않았다. 살던 집 근처와 일 년 정도 다닌 초등학교 주변을 어슬렁거렸다. 이 동네로 오면 언제든 먹살이 잡히리라고 생각했는데, 승주를 알아보는 사람은 없었다. 이 동네 사람들 중에도 아빠의 감언이설에 투자금을 날린 사람들이 있었다. 주로 교회 사람들이었다. 아빠는 사람들에게 신뢰를 얻기 위해 먼저 교회부터 다녔다. 교회에서 아빠는 늘 사람들과 어울려 기분좋게 웃었고, 누구에게나 존댓말을 쓰고 인사를 잘했다. 승주는 그런 아빠가 좋았다. 비록 태반이 거짓이기는 해도 그때만큼은 진실하고 겸손해 보였다.

실습을 마친 승주는 정형외과로 출근했다. 병원에는 이제 겨우 이십사 시간을 채운 실습생이 있었다. 승주는 나이가 다섯 살 많은 실습생에게 의료기구 정리를 맡기고 삼십 분 후 점검하러 갔다. 승주는 실습생이 듣도록 크게 한숨을 쉬며 누구 골탕 먹으라고 이렇게 막해놓느냐고, 기본도 모르느냐고 인상을 쓰며 싫은 소리를 했다. 실습생이 승주를 빤히 쳐다봤다. 승주는 배운 대로 했지만 실습생은 곧 표정을 풀고 싱긋 웃으며 말했다.

"그러지 말자."

승주는 고개를 끄덕였고 실습생인 언니에게 사과했다. 언니는 그 정형외과에서 칠백팔십 시간을 다 채웠다. 실습이 끝나는 날 승주에게 탕수육을 사주었고 다음날부터 옆 동네의 병원으로 출근했다.

비슷한 규모의 여러 병원을 다니다가 승주는 작년부터 N동에 있는 정형외과에 자리를 잡았다. 몇 달 전 진료 접수 명단에서 유미라는 이름을 보았다. 자신과 나이도 같았다. 승주는 처방전과 진료 영수증을 내어주면서 유미의 얼굴을 봐두었는데 스타벅스에서 우연히 만난 것이었다. 유미를 알은체한 후 승주는 이사하고 나서 친구들에게 편지를 보냈던 일이 떠올라 한동안 부끄러움에 시달렸다.

다시 두 달쯤 지나 유미를 만났다. 유미가 아픈 엄마를 모시고 승주가 근무하는 병원에 왔다. 유미는 허리를 제대로 펴지 못하는 엄마를 안다시피 부축하고 접수대 의자에 앉혔다. 이번에는 승주가 잠자코 있는데 유미 쪽에서 먼저 어색한 표정으로 다가왔다. 이름은 기억하지 못하는 듯했지만 다행히 승주는 명찰을 달고 있었다.

유미는 미안해하며 급히 회사로 돌아가야 하는 사정을 털어놓았다. 승주는 유미 엄마를 부축해 진료실과 여러 곳의 치료실을 드나들었다. 동료들이 누구냐고 물어보면 친구의 엄마라고 소개했다. 언제 적 친구예요? 동료들의 연이은 질문에는 대답을 얼버무렸다.

진료가 끝나고 승주는 유미 엄마와 함께 정형외과 아래에 있는 닭곰탕집으로 갔다.

"딸 친구랑 식당에서 둘이 밥 먹는 건 처음이야."

통증이 완화된 덕에 다소 표정이 밝아진 유미 엄마가 말했다.

"저도 처음이에요."

"일하느라 바빠서 애 크는 거 살필 겨를이 없었어."

유미 엄마는 딸 친구를 한 번도 보지 못할 만큼 바빴던 자신에 대해 변명을 이어나갔다. 어느 부모에게나 무엇으로부터건 도망다녀야 했던 시기가 있는 법이어서 승주는 묵묵히 고개를 끄덕이며 들었다.

만약 두 사람을 화장실에서 먼저 만나지 않았다면 승주는 유미를 돕지 않았을 것이다. 승주는 화장실 칸 안에 앉아 있다 세면대 쪽에서 두 사람이 다투는 소리를 들었다. 딸이 그간 쌓인 불만을 털어놓았고 엄마는 목소리를 낮추며 쩔쩔맸다. 승주는 접수대에서 유미와 유미 엄마를 마주하고 화장실에서 들은 사연이 그들의 이야기임을 알아차렸다.

아빠는 형사처벌을 받고 난 뒤에도 여러 사람에게 시달렸다. 최소한의 책임을 진 것이지, 그들의 돈을 갚은 건 아니었기 때문이었다. 그들은 아빠가 어딘가 돈을 숨겨두었다고 생각했다. 그런 생각을 하는 사람이 비단 그들만은 아니었다. 누구보다 엄마가 그렇게 믿었다. 반지하방에서 엄마가 버틸 수 있었던 이유를 꼽으라면 아빠가 어딘가 돈을 숨겨놓았을 테니 형을 마치고 나오면 형편이 나아지리라는 희망이었을 것이다.

아빠에게는 숨겨둔 자산이 없었다. 엄마의 기대대로 일부를 가지고 있었으나 진작에 추징당했고, 이제는 갚아야 할 빚만 잔뜩 쌓여 있었다. 신뢰를 얻기 위해 헌금 봉투를 준비할 수도 없고 의리를 나눌 교회 사람도 없고 더는 돈을 빌릴 친구도 없는 상황에서 처음부터 시작해야 하는 처지가 된 것이다. 승주는 부모가 웃음을 완전히 잃고 먹고살기 위해 무엇인가 해야 한다는 의무도 잊은 채 좁은 방에서 침울하게 나이들어가는 모습을 내내 지켜보았다.

 식사가 거의 끝나갈 즈음 유미가 허겁지겁 식당으로 들어섰다. 엄마와 눈을 맞추지 않으려는 기색이 역력했다. 그래도 승주가 엄마의 증상과 앞으로의 치료 과정을 설명해줬을 때는 귀기울여 들었다. 유미는 엄마를 부축해 택시에 태우고는 승주를 돌아보며 고맙다고 말했고 나중에 연락하겠다고도 했다. 승주는 웃으며 고개를 끄덕였지만 연락이 오리라고는 생각하지 않았다.

 승주는 그애가 어릴 적 교환 일기를 함께 쓰던 유미가 아니라는 걸 알고 있었다. 그애에게 명함을 받았을 때부터 말이다. 사람을 잘못 봤다고 사과해야 했지만 되돌릴 방법이 없었다. 딱히 다른 생각이 있었던 것은 아니고 순간적인 착오에 의해서였다. 승주는 여섯 군데의 초등학교를 다녔고 유미가 댄 학교명이 그중 한 곳과 비슷했기 때문이었다. 승주가 착오를 알아차렸을 때는 이미 유미를 둘러싼 회사 동료들이 오래전 친구와의 우연한 해후에 호기심을 보였던 터라 모르는 사람이라고 번복하지 못했다. 어차피 아는 사람이기는 하니까. 병원에 진료를 보러 온 적이 있는 환자니까. 딱히 피해를 끼친 게 아니니 괜찮을 듯했다.

며칠 뒤 유미에게서 연락이 왔다. 퇴근하고 시간이 있느냐고 묻는 메시지였다. 승주는 자신이 동창이 아니라는 사실을 털어놓았다. 곧이어 유미에게서 이미 알고 있다는 문자 메시지가 도착했다. 유미는 또다른 말도 했다. 동창이 되기는 늦었지만 동창이 아니어서 다행이라는 말.

승주는 그 메시지를 한참 들여다보았다. 누구에게나 차라리 거의 모르는 사람과 어울리는 게 낫다고 여겨지는 시기가 있는 법이었다. 지난 일들이 긍지가 되지 않는 사람들이 그럴 터였다. 그런 점에서 자신 역시 유미가 동창이 아니어서 좋았다. 어쩐지 유미를 알 것 같다는 착각 속에서, 승주는 천천히 답장을 보냈다.

앨리스 옆집에 살았다

옆집에 불이 켜진 것은 근 석 달 만이었다. 삼 주에 걸쳐 시끄러운 인테리어 공사를 하더니 공사를 마치고도 석 달이나 아무도 입주하지 않았다.

옆집의 불빛을 확인한 기연은 서둘러 제집의 초인종을 눌렀다. 유신이 셔츠 차림으로 문을 열어주었다. 아직 근무중이라는 뜻이었다.

"옆집에 누가 있어."

기연이 현관에 선 채 말했다. 유신은 말뜻을 알아차렸다. 베란다로 가서 꽃이 주렁주렁 핀 부겐빌레아 화분을 꽃대가 꺾이지 않게 안고 나와 기연에게 건네주었다.

인기척이 있었나 의아했지만 유신은 화분을 들고 옆집 초인종을 누르는 기연을 멍하니 보았다. 유신은 복도로 난 방을 사무실 삼아 종일 거기서 지냈다. 두 사람이 사는 복도식 아파트는 엘리베이터를 가운데 두고 오른쪽에 1호와 2호, 3호가, 왼쪽에 4호와 5호가 있었다. 두 사람의 집이 4호여서 유신이 머무는 복도 쪽 방에서는 창에 비치는 그림자로 5호를 오가는 사람이 있는지를 알 수 있었다. 간혹 인기척이 느껴져도 순찰 삼아 한두 차례 복도를 오가는 경비원이거나 광고지를 부착하러 다니는 사람인 경우가 다였다.

옆집이 비어 있는 것은 여러모로 편리했다. 눈치보지 않고 복도에 재활용 쓰레기를 내놓았고 음악도 크게 틀었다. 혼자 있을 때면 유신은 유튜브에 누군가 올려둔 올드 팝 모음곡을 재생했다. 처음 듣는 노래가 많았는데, 어떤 노래는 썩 좋았다. 〈러브 오브 더 코먼 피플Love of the Common People〉이나 〈리빙 넥스트 도어 투 앨리스Living Next Door to Alice〉 같은 노래가 그랬다.

오 주 전쯤 기연은 퇴근길에 옆집 현관문 앞에 며칠째 놓여 있던 화분을 들고 왔다. 유신은 기연이 화분을 싸고 있는 비닐을 벗기고 볕이 잘 드는 베란다 한 곳에 놓아두는 걸 가만히 지켜보았다. 기연은 옆집의 화분을 그 자리에 두려고 죽은 채 방치되어 있던 화분 몇 개를 내다버리기도 했다.

화분에는 웨딩 컨설팅 회사 이름이 적힌 리본이 달려 있었다. 아마도 옆집 주인은 컨설팅을 받아 결혼식을 치르고 여행을 떠난 신혼부부인 모양이었다. 꽃 배달은 그들이 곧 여행을 마치고 돌아오리라는 뜻일 터였다. 하지만 화분의 꽃이 만개하고 성질 급한 꽃송이 몇 개가 지는 동안에도 그들은 돌아오지 않았다. 오늘도 마찬가지였다. 헛되이 초인종을 여러 번 눌러보고 나서야 기연은 화분을 다시 안고 돌아왔다.

다음날도 옆집 거실에는 불이 켜져 있었다. 기연은 집으로 돌아오는 길에 아파트 경사로에 서서 불 밝힌 그 집을 가만히 보았다. 자세히 보니 집에 생활의 흔적이 묻어나지 않는 듯했다. 건조대에 빨래가 걸리지 않았고 블라인드 위치도 그대로였다.

요란한 공사가 시작되기 전, 인테리어 업체 담당자가 동의서를 들고 두 사람의 집을 방문한 적이 있었다.

"이런 집을 삼 주나 고쳐서 뭐해요?"

공사 기간을 안내하는 담당자에게 유신이 물었다. 담당자는 슬쩍 유신의 집 내부를 훑어보았다. 유신은 기분이 나빴지만 꾹 참고 담당자에게 자신의 명함을 건넸다. 흰 바탕에 금색 테두리의 열쇠가 그려진 명함이었다. 명함에는 상호명과 전화번호, 전국 출동 가능이라는 글자가 인쇄되어 있었다. 담당자는 당장 주선이라도 해줄 듯이 흔쾌한 표정으로 명함을 받았다. 인테리어를 하는 집은 웬만하면 도어록도 바꾼다고 거들었다. 그 때문에 유신은 공사 기간 내내 소음과 분진을 참았다.

그렇기는 해도 드릴 소리만은 견디기 어려웠고 그럴 때면 지하실로 내려갔다. 지하 일층 주차장 한쪽에는 오십여 평 규모의 입주민 공용 창고가 있었다. 창고에 있는 건 주로 가구나 가전제품이었다. 얼마 전까지 사용했거나 곧 사용할 물건들인데도 커다란 비닐이나 천으로 덮여 있으니 꼭 버려진 것처럼 보였다.

어수선하게 쌓인 물건들을 지나 맨 안쪽으로 들어가면 유신이 임대받은 공간이 나왔다. 대리점 개설 당시 아무래도 상품의 보관이 어려워 필요할 때마다 수급받는 방식을 원했지만 전례가 없다면서 거부되었다. 할 수 없이 아파트 지하실 창고를 빌려 철제 선반을 설치하고 지문 인식 도어록 같은 최신 제품을 들여놓았다.

주문은 전화나 문자 메시지로 받았다. 직접 도어록을 설치하러 갈 때도 있고 배송만 해줄 때도 있었다. 유신의 동료와 선배 몇 명이 그 일을 하고 있거나 할 예정이었다. 모두 유신이 좋아하고 의지하던 사람들이었다. 유신은 그들과 마찬가지로 안정적인 집단에서 밀려났고 그러면서 각종 자물쇠로 삶의 짐을 떠안았다. 회사에서는 조기 퇴직자에게 대폭 인하된 가격으로 상품을 공급해주며 대리점 창업을 적극 권장했다. 다른 일을 할 수도 있었지만 저렴한 공급가를 포기하는 건 손해 같았다. 아는 일이 고작 이것뿐이라는 자괴감이 없지 않았으나 오래 몸담았던 회사에 대한 소속감을 최대한 누릴 작정이었다.

일이 많지는 않았다. 인근 아파트 단지에 스티커를 부착하는 방식으로 광고를 했지만 근근이 주문이 이어지는 정도였다. 그래도 여기저기 스티커를 붙여둔 덕에 유신의 전화는 시도 때도 없이 울렸다. 주문 전화는 드물었고 대개는 잠긴 문을 열어달라는 요청이었다. 고객의 신분증과 거주 여부를 확인하고 나면 비밀번호가 맞지 않는 도어록을 해제하는 일에 돌입했다. 열쇠가 없거나 비밀번호를 모르는 상태에서 잠긴 문을 파손하지 않고 여는 일은 유신에게 남다른 기쁨을 남겼다. 어디든 막힘없이 들어갈 수 있다는 자신감 같은 것이 생겼다. 그런 기분이라도 필요한 시기였다.

사무실을 차리고 제일 먼저 집 도어록을 바꿨다. 유신은 본래 전세니까 못 하나도 박으면 안 된다고 주장하는 쪽이었다. 남의 집을 훼손해서가 아니라 남의 집에 못 하나라도 남겨두고 이사를 가면 아깝기 때문에. 이제껏 그런 일에 안 달한 사람은 기연인 것처럼 유신은 이사갈 때 떼어가면 된다고 거듭 말했고 곧 그래야만 할 처지에 놓였다. 얼마 전 집주인으로부터 전세금 인상을 통보받았다. 처음 이 집에 입주할 때에도 상당한 대출이 필요했다. 계약을 연장할 때도 마찬가지였다. 그 빚이 아직 남아 있는데 재계약을 하려면 또 은행에 신세를 져야 했다.

두 사람이 막 저녁을 먹고 치우려는데 초인종이 울렸다. 문을 열어보니 익숙한 얼굴의 경비원이 보였다. 뒤쪽에는 제복을 입은 경찰과 잘 차려입은 중년 여자도 서 있었다.

"저 사람입니다."

여자가 대뜸 유신을 가리켰다. 유신도 본 적 있는 여자였다. 여자는 몇 달 전 유신에게 전화를 걸어와 도어록 설치를 의뢰했다. 주소를 받아보니 옆집이었다. 장담과 달리 인테리어 업체 담당자가 소개한 것이 아니었다. 신혼부부 중 한쪽의 어머니인 듯한 여자가 유신이 아파트 현관에 붙여둔 스티커를 보고 전화를 걸었다. 하지만 도어록 설치업자가 옆집 사람이라는 걸 못마땅하게 여기고 돌려보내려 했다.

"AS도 쉽고 얼마나 좋습니까."

유신이 너스레를 떨자 여자는 마지못한 듯 일을 맡겼다. 작업하는 유신을 지켜보는 내내 여자는 표정을 바꾸지 않았다. 옆집인 게 못마땅해서만이 아니라 대체로 아량 없는 표정밖에 지을 줄 모르는 사람 같았다. 다른 사람에게 상냥하거나 친절하게 굴 필요가 없는 사람, 상대에게 받을 도움이 전혀 없다는 걸 아는 사람 말이다.

작업을 하면서 내부를 슬쩍 들여다보니 옆집은 유신의 집과 완전히 달랐다. 얼핏 보면 텅 빈 것 같았다. 적당한 자리에 세련되고 흔하지 않은 디자인의 가구가 놓여 있는데도 그런 인상이었다. 사용한 흔적이 전혀 없는데다 온통 흰색이어서 더 그렇게 보였다.

여자가 꾸물거리는 부하 직원을 꾸짖는 말투로 유신을 재촉했다. 설치가 끝나 여자에게 비밀번호를 입력하라고 하자 유신의 시선을 차단하려는지 노골적으로 등을 돌렸다. 그 바람에 유신은 지문 인식 방법에 대해서는 아예 설명하지도 못했다.

경찰은 옆집 현관에서 낯선 족적이 발견되었다고 했다. 그게 뭐냐고 기연이 묻자, 밑창 무늬는 없고 윤곽만 희미하게 남은 사진을 보여주었다. 누군가 바닥에 신발을 눌러 무늬를 찍은 뒤 정성껏 가운데 부분을 지운 것처럼 보이는 족적이었다. 그 집에 드나든 사람은 인테리어 공사 관련자 외에는 없었다. 여자는 족적을 발견하자마자 사진으로 찍은 다음 경찰에 알렸다. 복도를 비추는 시시티브이가 없어 범인을 특정하기 어려웠다. 잠금장치가 뜯기거나 베란다 창이 열려 있는 등의 외부 침입 흔적은 없었다. 도난당한 물건도 없었다. 집에 있는 물건이라고 해봐야 죄다 덩치 큰 가구였으니 그걸 훔쳤다면 누군가 목격했을 것이다.

경찰은 인테리어 업자나 가구 배송 업체에서 여러 차례 그 집을 드나든 걸 고려하면 족적은 충분히 가능하다는 의견을 냈다. 게다가 도난당한 물건도 없다 하니 딱히 문제삼기 어려웠다. 여자는 수긍하지 않았다. 인테리어 공사 후 전문 업체를 이용해 환기와 청소를 성실하게 끝마쳤다고 반박했다. 그때 여자가 떠올린 사람이 유신이었다. 이유는 간단했다. 청소 후 그 집에 다녀간 유일한 외부인이 유신이기 때문이었다.

"그럴 수 있어요."

유신의 말에 여자는 자백이라도 받은 듯 의기양양한 표정을 지었다.

"그렇게 생각하는 분들이 많아요. 저희야 도어록만 달아주는 건데 원격 조정을 할 수 있다고 생각하신다니까요. 설치하면 다 조작할 수 있는 줄 아시나봐요. 이게 얼마나 과학적인 기계인데 보안이 그렇게 허술하겠습니까? 인식된 비밀번호가 아니면 누구도 들어갈 수 없습니다. 당연한 거 아닙니까."

"설치를 했으니까 비밀번호도 알 수 있잖아요."

여자가 진지하게 쏘아붙였다.

"저기 상가의 금은방도 제가 열쇠를 달아줬습니다. 비밀번호를 안다면 차라리 금은방을 가는 게 낫죠."

유신이 구변 좋게 대꾸했다. 경비원이 피식 웃었다. 여자가 불쾌한 표정을 지었다. 경찰이 미안하다고 인사하며 유신에게 낯선 사람이 복도에 어슬렁거리면 주의해서 봐달라는 당부의 말을 남겼다. 일행이 돌아가려는데 기연이 여자를 불러 세웠다.

"그 댁 화분이 저희 집에 있어요."

여자가 못마땅한 표정으로 기연을 보았다.

"선물로 온 것 같던데 복도에 방치되어 있길래 일단 저희 집에 들여놨어요. 사람이 오면 주려고요."

어쩐지 변명하는 듯한 어조였다. 여자는 그냥 버리라고 대꾸하고는 걸음을 빨리해 복도를 빠져나갔다.

"왜 비밀번호로만 열 수 있다고 했어?"

둘만 남자 기연이 물었다.

"그거야 그 여자가 비밀번호만 입력해서지."

"지문은?"

"그건 안 했지."

"상가 금은방에 도어록 달아줬어?"

"예를 들면 그렇다는 거지."

"왜 거짓말을 했어?"

"예를 든 거라니까."

기연은 화가 났다. 유신은 그녀가 자신이 오해를 산 일 때문에 기분이 상한 줄 알았다. 굳이 화분 얘기를 꺼낸 것도 그래서려니 생각했지만 기연은 그것에 대해서는 조금도 불쾌해하지 않았다. 열쇠쟁이―유신이 가장 싫어하는 말이었다―가 받는 흔한 오해라고 여기는 듯했다. 화분을 맡아줘도 고맙다는 말 한마디 하지 않은 여자에게, 꽃이 탐스럽게 핀 화분을 그냥 내다버리라는 여자에게, 유신을 의심하는 여자에게 화가 난 것도 아니었다. 자신에게 유리하게끔 거짓말을 한 유신 때문도 아니었다. 스스로에게 화가 난 거였다. 기연은 자주 상상해왔다. 집을 사서 곳곳을 수리하고 단단하고 좋은 가구를 들여놓았는데 그것이 아무짝에도 쓸모없어진 그 집의 사정을. 한 번도 살아본 적 없는 집과 제대로 살림을 담아본 적 없는 가구를 놓고 굳은 표정의 옆집 부부가 기여도를 저울질하는 모습도. 옆집을 두고 그런 상상을 하는 동안 이상한 희열이 기연을 감쌌다. 잠시지만 기분이 좋아졌고 평화로워졌다. 누구에게나 그런 순간이 있으리라 생각하면 견딜 만해졌다.

그러고 보니 옆집에 날마다 켜지는 불은 특징적인 족적을 남긴 사람에게 경고를 보내고, 누군가 살고 있는 것으로 위장하려는 불빛인 모양이었다. 하지만 오늘은 조금 달라 보였다. 베란다 창에 실루엣이 어른거렸다. 기연이 언제나처럼 경사로에 서서 제집 쪽을 올려다보는데, 옆집의 불빛 속에서 누군가 움직이는 게 느껴졌다. 드디어 그들이 호화로운 예식과 유별나게 긴 여행으로부터 돌아온 모양이었다.

유신은 집에 없었다. 사방에 불을 켜두고 어딜 간 걸까. 오랜만에 혼자 집에 있게 되자 기연은 몹시 어색한 기분이 들었다. 주인 없는 남의 사무실에 머무는 것 같았다. 왜 그런 기분이 드나 했더니 거실을 가득 채운 도어록 제품 상자 때문이었다. 상자가 어찌나 많은지 거실이 더욱 어둡게 느껴졌다.

지하에 가득 쟁여둔 것도 모자라 이만큼이나 더 산 걸까. 아니면 운좋게 이렇게 많은 물량을 한꺼번에 납품할 곳이 생긴 걸까. 평소 유신은 납품처가 생기면 물품 상자를 지하실에서 가져와 거실에 두었지만 이번에는 그 때문이 아닌 듯했다. 납품용이라기에는 믿기지 않을 정도로 물량이 많았다.

기연이 유신을 의심한 것은 아니었다. 유신은 용감하게 호기심을 해결하는 타입이 아니었다. 그런데도 기연은 불쑥 신발장 문을 열어보았다. 무엇이 그런 생각을 하게 했는지 알 수 없었다. 유신의 거짓말 때문일까. 유신이 하루종일 방에 틀어박혀 제목도 모르는 올드 팝만 듣고 자신과 얘기하는 시간보다 혼자 노래를 흥얼거리는 시간이 많아서일까. 기연은 기어이 신발장에 놓인 유신의 신발을 하나씩 꺼내보았다. 밑창에 무늬가 없는 신발 같은 건 없었다. 그런 게 있을 리 없지 않은가. 그러다 기연은 그것을 보았다. 신발 깔창 말이다. 유신은 양쪽 발 사이즈가 달라서 오른쪽 신발에 깔창을 넣어 사용했다. 여러 개의 깔창은 모두 바닥이 더러웠다. 그저 구두나 스니커즈 바닥에 사용했다고 보기에는 의심스러울 정도로 더러웠다. 어딘가에 부착할 수 있도록 위쪽 면에 두꺼운 테이프가 붙어 있다는 점도 마음에 걸렸다. 평소에 쓰지도 않는 왼쪽 깔창 바닥이 더러운 것도.

느닷없이 오래전에 어느 책에서 읽은 에피소드*가 떠올랐다. 왕의 심부름꾼이 잡히자 여왕이 재판이 열리면 죄가 없어도 결국 죄를 짓게 될 거라고 태연하게 말하는 장면이었다. "그러면 지금은 죄가 없다는 말이잖아요?" 하고 누군가 묻자 여왕은 "그게 낫지 않니?" 하고 대꾸했다. 그 말을 따라 하듯 기연은 그게 낫네, 하고 의미 없이 중얼거리며 유신의 신발 밑창에 깔창을 대보았다.

기연이 채 신발 모양을 확인하기 전에 유신이 벌컥 문을 열고 들어섰다. 유신의 지문을 인식한 도어록이 어찌나 매끈하게 열리던지 소리도 들리지 않았다. 유신은 앞이 잘 보이지 않을 정도로 높이 쌓은 상자들을 힘겹게 들고 와서는 거실에 있는 다른 상자들 위에 올려놓았다. 그의 표정이 심상치 않았다. 왜 그래, 무슨 일이야. 기연이 얼른 신발을 내려놓고 조그맣게 물었다. 소리를 냈다고 생각했는데 그렇지 않았는지 유신의 굳은 표정에는 변화가 없었다. 그는 말없이 소파에 주저앉았다. 거실을 가득 채운 상자 때문에 앉을 데라고는 거기뿐이었다.

"무슨 짓을 한 거야?"

기연이 물었다. 유신이 실망한 표정으로 쳐다보았다.

"무슨 일이 있느냐고 물어야지."

"아까 어디에 있었어?"

기연은 상황을 한층 더 악화시키리라는 걸 알면서도 그렇게 물었다.

"무슨 말을 하는 거야?"

"옆집에 누가 있어."

"도대체 옆집이 뭐 어쨌다고 그래? 하루종일 이걸 나르느라 다 죽게 생겼는데."

기연은 잠자코 있었다. 드물고 낯선 모양의 족적과 이상한 오염을 묻힌 신발 깔창에 대해서는 입을 다물었다. 자신의 의심을 설득력 있게 설명할 자신이 없었다.

유신이 무릎에 머리를 파묻고 울먹거리며 그간 지하 창고에서 서서히 벌어진 일에 대해 이야기했다.

"다 쓰레기가 됐어."

기연은 거실에 쌓인 상자들을 둘러봤다. 일부는 습기를 머금어 모서리가 우그러졌지만 대개 겉으로는 멀쩡해 보이는 상자들을, 그러나 습기 때문에 하나같이 망가졌을 도어록들을, 이제는 결코 어떤 문도 잠그지 못할 그것들을. 이렇게나 많은 것들에 둘러싸여 있는데 결국 죄다 잃었다.

유신은 곧 울음을 그쳤다. 울기만 해서는 아무것도 할 수 없다는 걸 깨달아서였다. 몸을 움직여 일을 수습하기 시작했다. 입을 다물고 어지럽게 늘어놓은 상자들을 차곡차곡 쌓았다. 유신은 말하지 않을 생각이었다. 망가진 도어록은 다시 사면 그만이지만 마음은 그럴 수 없다는 걸 알았으므로. 기연이 뭔가 아는 것을, 지금 아는 것보다 더 아는 것을 원치 않았다.

옆집의 비밀번호를 아는 건 아니었다. 그저 테스트 삼아 입력한 지문을 지우지 않은 것뿐이었다. 처음부터 그럴 작정은 아니었다. 실수였다. 여자가 하도 서두르라고 재촉해서 입력된 지문을 지울 새가 없었다. 옆집에 도어록을 설치하고 며칠 후 유신은 지하 창고로 내려가려다가 문득 옆집 도어록에 검지를 대보았다. 매끄럽게 문이 열렸다. 유신은 놀라서 그대로 자리를 피했지만 다음번에는 조금 용기를 냈다. 조용히 들어가서 정갈한 집안을 둘러봤다. 서랍은 모두 비어 있었고 가구의 겉표면은 손자국 하나 없이 말끔했다. 어느 날은 가만히 거실 소파에 앉아 있었다. 이렇게 완벽하게 처음인 곳에서 시작하면 다시 모든 게 괜찮아질 듯한 기분이 들었다.

조심하려고 깔창을 사용했다가 되레 인상적인 족적을 남기고 말았지만 한번 경찰이 다녀간 후에는 더욱 신경썼다. 현관 타일을 꼼꼼히 살피고 가구에 손자국이 남지 않도록 주의했다.

그것이 전부였다. 기연의 오해와 달리 오늘은 아니었다. 그럴 짬이 없었다. 같은 처지에 있는 선배에게서 오전에 급작스러운 전화를 받았다. 지하 창고에 가보고 나서야 선배에게 벌어진 일이 자신에게도 일어났다는 걸 알았다. 유독한 습도가 물건을 서서히 망가뜨려왔는데, 겉으로 보기에는 괜찮았던 탓에 날마다 지하실에 들렀는데도 알아차리지 못한 것이다.

  오늘 옆집 거실에 누군가 서 있었다면 그건 이제 삶을 시작할 사람이지 자신은 아니었다. 유신은 베란다에 둔 화분을 안아 들었다. 잎과 꽃이 어느새 다 떨어지고 축하의 말과 웨딩 업체 이름이 적힌 커다란 리본만 앙상한 꽃대에 매달려 있었다. 유신은 옆집의 초인종을 눌렀다. 어떤 기척도 들리지 않았다. 영영 아무런 소리도 들리지 않을 듯 고요했다. 신혼부부도 그들의 부모도 나오지 않았다. 어쩌면 그들의 삶도 이미 끝장나서 부동산 중개인이나 중고 가구 매매인이 아파트를 둘러보려고 잠시 방문한 것은 아니었을까. 유신은 화분을 든 손의 힘을 풀었다. 화분이 바닥에 떨어지면서 요란한 소리가 났다.

* 『거울 나라의 앨리스』에 나온 에피소드를 참고하였다.

모 든 고 요

옥상에서의 사고로 그녀는 부상을 입었다. 무슨 이유에서인지 세게 넘어졌고 오랫동안 햇빛 아래 방치되었다. 다행히 갈비뼈에 금이 가는 정도의 부상이었다. 그녀 나이쯤에는 가벼이 넘어져도 크게 다치는 법이어서 다들 운이 좋다고 했다. 문제가 있기는 했다. 어쩌다 정신을 잃을 정도로 넘어진 건지 도무지 떠올릴 수 없었다.

그녀가 자못 진지하게 상의했지만 의사는 대수롭지 않게 대답했다.

"기억이 원래 그래요. 자주 떨어져나가죠."

기억이라는 것이 원하는 대로 붙였다 뗄 수 있기라도 하다는 듯한 말이었다. 그녀는 약간의 시차를 두고 "접착테이프처럼요?" 하고 둔하게 물었다. 의사는 못 들은 건지 비유가 적당치 않다고 여긴 건지 대답하지 않았다.

무슨 기억이 얼마나 떨어져나간 걸까. 눈을 뜬 장소가 병실임을 알아차리느라 시간이 걸리기는 했어도 즉각적으로 남편을 알아봤다. 평소 남편은 불룩한 배 때문에 벌어진 셔츠 사이로 살이 보였는데, 병실에서도 마찬가지였다. 입꼬리가 처져 있어 심통이 난 것인지 피곤한 것인지 울적한 것인지 구분이 어려운 남편의 표정을 두고 자신이 오래전 그저 '피곤한 것'으로 이해하기로 한 것도 떠올랐다.

기억에 대해서라면 원래도 어느 정도 문제가 있었다. 세금 납부일을 잊거나 친구와의 점심 약속을 까먹는 등의 일이었다. 자신과 남편의 기억이 달라 언쟁을 벌인 적도 많았다. 예컨대 그녀는 아들을 이층으로 내려보낸 사람이 남편이라고 기억했지만 남편은 그녀의 '짓'이라고 했다.

남편은 사고에 대해 짐작 가능하지 않느냐며 마치 그날 일을 본 것처럼 얘기했다. 아마도 그녀는 여느 아침처럼 화분에 물을 주려고 옥상에 올라갔을 거라고. 물을 주고 나서 난간 가까이 대놓은 의자에 앉아 쉬기도 하다가 옥상 창고

위에 올라갔을지도 모른다고. 조금이라도 바짝 마르라고 높이 올려둔 고사리나 고추를 걷으려고 말이다. 일을 마치고 사다리를 타고 내려오려다 그 나이의 흔한 어지럼증 때문이거나 갑자기 다리 힘이 풀렸거나 그저 부주의로 미끄러진 다음 아파서라기보다 놀라서 정신을 잃었으리라는 것이다.

그랬을 수도 있지만 아니었다. 그녀는 날마다 화분에 물을 주기는 해도 이제 고사리나 고추는 말리지 않았다. 계절마다 다음번에 먹을 것을 마련해두던 때가 있었지만 더는 그런 식으로 미래를 도모하지 않았다. 무엇보다 그녀는 혼자 있던 게 아니었다. 누군가에게 등을 떠밀린 느낌이 남았다.

그녀는 조심스럽게 옥상에 누군가 있었던 것은 아닌지 남편에게 물었다. 남편은 당신 혼자였지, 하고 대답한 후에 그녀의 못 미더워하는 시선을 의식하고는 시시티브이를 확인해보겠노라 했다. 그녀가 퇴원하는 날이 되어서야 남편은 그들의 집인 삼층 복도를 비추는 시시티브이를 확인했고 그 시간 옥상에는 그녀 혼자뿐이었다고 말했다. 하지만 다른 가능성이 충분했다. 누군가 미리 옥상에 올라가 있었을 수도 있었다. 게다가 그녀의 집과 옆 건물은 벽을 맞대고 비슷한 형태로 지어져 별 위험 없이도 쉽게 옥상을 넘나들 수 있는 구조였다. 누군가 시시티브이에 찍히지 않았다고 해서 그 시간 옥상에 아무도 없었다고 단정하기는 힘들다는 의미였다.

"기억 좀 잃은 게 무슨 대순가. 가뜩이나 뭐든 까먹을 나이인데."

남편이 기억을 찾을 필요 없다는 듯 말했다. 물론 어떤 기억은 잊고 사는 게 낫다는 걸 그녀도 잘 알았다. 떨어져나간 기억이 바로 그런 기억일지도 모른다는 생각도 들었다. 하지만 자신을 떠민 사람이 누군지 기억해내지 못하면 자신은 내내 불안과 두려움, 의심과 의혹 속에서 지내게 될 듯했다. 만약 누군가 그녀를 해할 의도였는데 그녀가 그걸 잊었다면, 길을 가다 마주친 사람이 가해자인 줄도 모르고 지나친다면, 그녀가 그런 두려움을 털어놓는 친밀한 상대가 바로 그 가해자라면 어떻게 하는가.

다음날 이교대 근무를 하는 남편이 오후 늦게 출근하자마자 그녀는 곧장 옥상으로 올라갔다. 며칠 비웠지만 옥상은 달라진 게 없었다. 그녀는 익숙하게 화분에 물을 주고 지금은 창고로 쓰는 옥탑방에 가봤다. 오래전에는 세입자를 들이기도 했는데 늘 말썽인 냉난방 문제를 해결하자니 부담이

커서 언젠가부터는 창고로만 썼다. 그새 문고리가 망가졌는지 창고 문은 열리지 않았다. 그녀는 안에 문을 열어줄 사람이 있다는 듯 계속 문을 두드려댔다. 그러자 점차 숨이 가빠져왔다. 그녀는 주저앉아 숨을 골랐다. 누군가 다급하게 다가오는 소리가 들렸다.

"괜찮으세요?"

남자였다. 어딘가 익숙한 목소리. 그녀는 호흡이 가라앉기를 기다렸다가 천천히 남자를 올려다보았다. 햇빛이 내리쬐고 있어 남자의 얼굴이 잘 보이지 않았다.

"조심하셔야지요."

남자가 말했다. 걱정이 돼서 한 말이겠지만 어쩐지 꾸짖는 것처럼 들렸다.

몸을 일으키자 그제야 남자의 얼굴이 보였다. 기억이 떨어져나간 시기에 만난 사람일지도 모른다 싶었는데 다행히 누군지 금세 떠올랐다. 이층 세입자였다.

그가 왜 옥상에 있지.

처음 든 생각은 그것이었다. 그녀는 세입자에게 옥상 출입을 엄격히 금해왔다. 옥상은 그녀만의 공간이었다. 거기에는 그녀가 가꾸는 화분이 있었다. 쉬려고 내어놓은 의자도 있었다. 무엇보다 그녀가 아끼는 물건들을 넣어둔 작은 창고가 있었다. 누구도 그곳을 열어보기를 원치 않았다.

이층 남자가 그간 허락 없이 옥상에 드나들었다는 것을 알고 그녀는 화가 나기보다는 겁을 먹었다. 사고가 나던 날, 남자가 옥상에 있었던 것은 아닐까 싶어서였다. 그녀는 이층에 세입자를 들이자는 남편의 의견에 반대했다. 남편은 더는 방을 놀리고 싶지 않다고 했고 그녀는 동의하지 않았다. 그녀는 그 방이 훼손되는 것을 견디기 힘들었지만 남편은 바로 그 이유로 당장 세입자를 들여야 한다고 우겼다. 남편은 일층 부동산을 찾아가 시세보다 저렴한 월세로 방을 내놓았고 얼마 안 돼 세입자가 들어왔다.

그녀는 이층 남자를 향해 이곳에 드나들면 안 된다고 싸늘하게 말했다. 남자가 피식 웃었다. 자신이 원하는 곳이라면 어디든지 갈 수 있다는 듯한 웃음. 그녀가 시끄럽다며 찾아갈 때마다 남자가 지었던 웃음. 그녀는 자주 이층 세입자를 찾아가곤 했다. 그에게 따져 물을 게 있어서였다. 왜 허구한 날 마대기로 천장을 치고 소리를 지르는지에 대해서. 한 번만 더 그러면 법적으로 조치를 취하겠다고 화를 내기도 했다. 남자는 침착한 표정으로 그런 적이 없다고 부인했고 그녀의 성난 방문이 계속되자 소리가 들리면 녹음해 오라고 했다. 그녀는 그렇게 했다. 바닥이 일정한 간격으로 울릴 때, 고함소리가 들릴 때, 지진이라도 난 듯 집안이 진동할 때, 곧장 휴대전화 녹음 버튼을 눌렀다. 수월했다. 소리가 나지 않을 때란 거의 없었으니까. 하지만 녹음 상태는 매번 시원치 않았다. 아무 소리도 녹음되지 않았거나 시끄러워 죽겠다고 불평하는 그녀의 목소리만 담겨 있을 때도 있었다. 남자는 점차 그녀를 상대하지 않으려 들었다.

그날 남자가 옥상에 있었을 가능성을 생각하자 다시 심장이 옥죄어와 그녀는 주저앉았다. 그녀의 잦은 항의에 불만을 품고 있던 남자가 마침 옥상에서 그녀와 마주치고 언쟁을 벌이다 홧김에 밀치기라도 했다면. 층간 소음이 예기치 않은 결과를 야기하는 일은 드물지 않게 벌어지니까. 그녀는 부축해주겠다는 남자에게 파리를 쫓듯 손짓했다. 남자는 불퉁한 표정으로 그녀로부터 멀어졌다.

통증이 잦아들기를 기다리는 동안 그녀는 문득 회사에 다닌다는 남자가 어째서 남들이 다 일하는 시간에 옥상을 어슬렁거리는지 의아해졌다. 월세 계약 당시 남자에게 명함을 받아둔 기억이 나서 가슴을 부여잡고 일어나 겨우 집으로 돌아왔다. 계약서와 함께 보관되어 있던 남자의 명함에는 누구나 알 만한 회사의 이름과 연락처가 적혀 있었다. 그녀는 당장 회사로 전화를 걸어 남자의 이름을 댔다. 그리고 전화를 받은 사람에게서 놀라운 답변을 들었다. 그런 분은 없다는 말이었다. 그녀는 떨리는 손으로 남편의 전화번호를 눌렀다. 남편은 전화를 받지 않았다. 경비로 일하는 남편은 일과 중에는 통화가 어려웠다. 당장 찾아가 이 사실을 알리고 싶었지만 그녀는 남편의 근무지를 몰랐다. 정확히는 남편이 가르쳐주지 않았다.

집밖을 나가면 이층 남자와 마주칠까봐 그녀는 꼼짝 않고 집에 틀어박혀 있었다. 다음날 아침이 되어서야 돌아온 남편에게 그녀는 옥상에서 이층 세입자를 마주친 일과 명함에 적힌 연락처로 전화를 걸었던 일, 그런 분은 없다는 얘기를 들은 것까지 모두 털어놓았다. 그녀의 예상과 달리 남편은 조금도 놀라지 않았다.

"회사 그만두고 행시 공부 한댔잖아."

남편은 그녀를 똑바로 보며 말했다. 언젠가 그녀에게 얘기한 적 있다는 표정으로. 더는 이 화제로 대화를 나눌 필요가 없다는 듯이. 그러고는 나무라는 투로 덧붙였다.

"이제 그만 좀 해."

무엇을 그만하라는 걸까. 그녀는 남편이 자신을 염려한다는 것을 알았다. 하지만 그런 마음을 늘 타박과 잔소리로만 드러내는 것은 불만이었다. 왜 남편은 자신과 제대로 된 대화를 하려 하지 않는 걸까. 그녀가 생각하는 제대로 된 대화란 구체적이어야 했다. 이를테면 그녀에게 '무엇을' 그만하라는 건지, 그녀의 반대에도 불구하고 '어째서' 이층에 세입자를 들였는지 하는 것 말이다. 그 집에 누군가 머물기를 간절히 바란 사람은 그녀였다. 그 집에 머물러야 할 사람이 있다면, 당연히 아들뿐이었다.

남편은 그녀가 기억을 찾으려 애쓰는 것을 마뜩잖게 여기는 걸까. 그녀가 뭔가 알아낼까봐, 그날과 관련한 기억을 찾을까봐 걱정하는 걸까. 그녀는 궁금했다. 남편이 왜 그녀의 떨어져나간 기억에 아무 관심이 없는지. 마치 그날 옥상에 있었던 사람이 자신이라도 되는 것처럼. 생각이 거기에 닿자 그녀는 달력을 뒤져 남편의 근무 일정을 확인했다. 이교대 근무여서 차례를 따져보기 여간 까다로운 게 아니었지만 그녀는 가까스로 자신이 쓰러진 시각 남편이 집에 있었다는 걸 확인했다. 물론 그 사실이 그날 남편이 옥상에 있었다는 증거가 되는 건 아니었다. 그녀도 그걸 잘 알았지만 어쩐지 남편과 마주하기 두려워졌다.

잠을 설친 그녀는 날이 밝자마자 옥상으로 부리나케 올라갔다. 그녀는 화분 앞에 앉아서 어제와 조금씩 달라진 식물들에게 일일이 눈길을 주었다. 전날보다 잎이 살짝 누레졌거나 조금 자랐거나 꽃송이가 벌어진 식물이 위로가 되던 때가 있었다. 사소하지만 꾸준한 변화는 그녀에게 시간이 평화롭게 흐른다는 안도감을 주었다. 자랄 것은 자라고 시들 것은 서서히 시들어갔다. 이제 그녀는 자라고 시들고 열매 맺고 죽는 것이 모두 제각각임을, 무질서가 삶의 유일한 질서임을 알았다. 문득 그런 생각이 들었다. 운이 나빠서 궂은일을 겪는 게 아니라는 생각. 사람은 그저 운이 좋은 경우에나 겨우 궂은일을 피할 수 있었다.

지금도 마찬가지로 궂은일이 생겼다. 물을 다 주고 한참 앉아 있다가 내려가려고 보니 옥상의 철문이 열리지 않았다. 오래전부터 옥상 문고리가 헛돌아서 받침돌로 문을 괴어두곤 하던 걸 잊어버린 것이다. 앙피처럼 둥글게 생긴 문고리는 가벼이 헛돌기만 했다. 그녀는 숨이 가빠져 힘겹게 철문을 두드렸다. 휴대전화를 집에 두고 와서 도움을 청하려면 어떻게든 소리를 내야 했다.

 구원자는 뜻밖의 장소에서 나타났다. 옆 건물 옥상에 이웃집 여자가 모습을 드러낸 것이다. 그녀는 반갑게 손을 흔들었다. 여자는 그녀의 손짓에 잠시 놀란 표정을 짓더니 황급히 내려갔다. 그녀는 기다렸다. 여자가 다시 나와 무슨 일이냐고 물어봐주기를, 혹은 상황을 알아채고 그녀의 집에 찾아가 자고 있는 남편을 깨우거나 고장난 문을 고칠 수리공을 데려오기를.

 아무리 기다려도 이웃집 여자도 남편도 수리공도 나타나지 않았다. 여자는 그녀의 기대를 저버리고 제집으로 들어가버린 것이다. 왜 그런지 모르지 않았다. 평소 사이가 좋지 않았던 기억은 유감스럽게도 떨어져나가지 않았으니까. 여자와는 삼십 년 가까이 이웃으로 지내며 줄곧 김장을 같이 하고 함께 장을 보러 다니고 마늘이나 생강 등속을 접으로 사서 소분해 나눠왔지만 이제는 인사도 나누지 않았다. 언젠가부터 여자가 호들갑을 떨며 간밤에 그녀의 집에서 들려온 소리를 지적했기 때문이었다. 여자의 표현에 의하면 그 소리는 때로는 아기 울음소리 같고 대개는 짐승이 울부짖는 소리였다. 여자가 그녀에게만 그 소리에 대해 말한 것은 아니었다. 동네의 아는 모든 사람에게 말한 것 같았다. 그녀가 지나가면 사람들이 미간을 찌푸리거나 안쓰러운 표정을 짓거나 간혹 소곤거리는 것으로 보아 분명했다.

이웃집 여자는 그녀에게 아들과 싸웠느냐고도 물었다. 싸웠냐니. 그녀는 아들과 견해가 달라서 감정이 틀어지거나 서로 어긋난 마음을 되돌리기 위해 상황을 설명하고 이해시키려 애쓰는 과정을 겪어본 적이 없었다. 그녀는 언제나 절절맸다. 아들이 화를 내면 그녀는 숨을 죽였다. 이웃집 여자는 무엇인가 부서지고 망가지는 소리를 듣기도 했다고, 그게 무슨 소리냐고 물었다. 만약 그녀가 그 질문에 대답해줬더라면, 부서지고 망가진 것은 물건이 아니라 아들이라고 말했더라면 여자는 그녀를 외면하지 않았을지도 모른다. 당장 옥상을 건너와 그녀를 일으켜세우고 숨을 제대로 쉬게 한 다음 문을 열 방법을 찾았을 것이다.

그녀는 여자의 질문에 대답하는 대신 여자의 집 창에 돌을 던졌다. 골목을 비추는 시시티브이에 의해 그녀가 범인으로 손쉽게 지목되었을 때도 아니라고 발뺌했다. 여자의 관심을 다른 곳으로 돌리는 것이 유일한 목적이었다. 그녀 자신도 어떻게 아들에게 그런 일이 벌어졌는지 몰랐으므로 여자의 질문에 대답할 방법은 그것뿐이었다. 아들이 이상한 사람으로 취급받느니 자신이 비난을 받는 게 나았다.

남편이 옥상에 있는 그녀를 찾아나서려면 좀더 시간이 걸릴 것이다. 그러기 전에 그녀가 남편을 옥상으로 불러낼 수도 있을 것이다. 아들이 그녀를 부르던 방식으로, 혹은 남편이 아들에게 화를 내던 방식으로.

대학 졸업 후 내내 독립해 살던 아들은 사 년 전 작은 가방 하나만 가지고 집으로 돌아왔다. 남편이 대체 무슨 일이 있었던 거냐고 아무리 닦달하며 물어도 아들은 그저 모든 게 계획대로 되지 않았노라고 대답할 뿐이었다. 그동안의 여러 시도들, 예컨대 시험과 취업, 투자와 사업에 많든 적든 공통적으로 돈 문제가 생겼다는 것이다. 그런 건 작은 실패일 뿐이라고 그녀는 두둔하듯 말했다. 무모하게 일을 벌이기 전에 인생이란 뜻대로 부리기 힘들다는 것을 고려해보면 좋았겠지만, 따지고 보면 그걸 모르는 게 젊음이란 것이니까. 아들은 몹시 화를 냈다. 그녀가 자신의 문제를 축소한다고 비난했다. 잘 알지도 못하고 뚜렷한 대책도 없으면서 무작정 괜찮다고 하지 말라며 쏘아붙였다. 자신을 도우려면 이 건물을 팔아 미리 상속해달라고 했다. 남편은 아들과 더는 얘기하지 않으려 했다. 그녀는 둘 사이에서 마음이 아팠고 무기력한 자신을 비난했으나 그보다는 아들의 분노와 욕망이 두렵고 서운했다.

상속 타령을 하는 아들을 잠자코 두고 볼 수 없어 계약 기간이 끝나 세입자가 나간 이층으로 내려보냈다. 남편은 그녀가 한 짓이라고 했고 그녀는 남편이 막무가내로 밀어붙였다고 쏘아댔다. 어쨌거나 그 일로 아들은 인생에서 가질 수 있는 유일한 자산이 그곳뿐임을 알게 된 것 같았다. 그후 아들은 이층에만 머물렀다. 필요한 게 있으면 기다란 막대로 천장을 툭툭 두드렸다. 처음에는 하루에 두어 번 그런 식으로 삼층의 그녀를 호출했지만 점차 수시로 막대질을 했다. 딱히 필요한 게 있어서가 아니라 그저 기분이 나쁘고 화가 나서 두 사람을 괴롭히려고 그렇게 했다. 그녀의 집에는 언제나 쿵쿵 울리는 소리가 들렸다. 지반이 무너지는 듯한 묵직한 떨림과 짐승의 것 같은 포효도 계속되었다. 그 소리를 들으면 그녀는 갈비뼈가 부러진 듯 가슴이 뻐근하고 호흡이 가빠졌다. 자려고 누운 밤에도 소리가 멈추지 않아 그녀와 남편은 뜬눈으로 밤을 지새우곤 했다.

얼마간 참아주던 남편은 차츰 격노의 마음을 담아 소리가 울릴 때마다 크게 발을 굴렀다. 소음으로 고통을 야기하는 데는 위층에 사는 그녀와 남편이 유리했다. 남편은 수시로 무거운 책을 바닥으로 내던지고 막대로 바닥을 쳤다. 그게 아들을 더 화나게 했다. 그녀는 벽을 사이에 둔 남편과 아들의 충돌을 피해 자주 옥상으로 올라갔다.

  그날은 오랜만에 방해 없이 늦잠을 잤다. 이상할 정도로 고요해서 잠에서 깨어났을 때, 잠시 이곳이 어디인지 두리번거려야 했다. 유난한 고요 때문에 그녀는 엉겁결에 매일 아침 일어나자마자 하던 일, 옥상으로 올라가 식물에 물을 주는 일을 건너뛰었다. 대신 창가에 서서 어리둥절한 표정으로 거리를 내려다보았다. 그런 다음 별 식욕은 없지만 천천히 식사를 했다. 식사 후에는 잘 마른 빨래를 개고 며칠 전 자루째 사다놓은 완두콩 껍질도 깠다. 녹색 콩이 소쿠리에 쌓이는 걸 보니 마음이 차분해져서 주말에 완두콩을 넣어 백설기를 빚으면 좋겠다 생각했다. 적당한 볼륨으로 트로트 경연 프로그램 재방송을 틀어놓았고, 늦은 오후에는 믹서기에 토마토와 마늘을 넣어 갈아 마셨다. 아들이 좋아하는 노각을 무쳐 찐 양배추, 현미밥과 함께 저녁을 먹고 얼마 전 딸을 결혼시킨 사촌동생과 길게 전화통화도 나눴다.

남편은 자정께 근무를 마치고 집으로 돌아왔다. 샤워를 하고 소파에 앉아 물을 마시며 티브이를 보던 남편이 갑자기 벌떡 일어나더니 아래층으로 내려갔다. 그러면서 그날의 유별난 고요가 깨졌다. 아래층이 소란스러워지고 남편이 울부짖는 소리가 들린 순간 그녀는 깨달았다. 실은 온종일 두려워하고 있었음을. 자신이 대면하게 될 것이 무엇인지 알고 있었음을.

옥상에 홀로 있자니 그날의 지독한 고요가 재생되었다. 아무 소리도 들리지 않고 바닥도 울리지 않았다. 무슨 일인가 벌어진 것이다. 다시는 겪고 싶지 않은 일이. 그녀는 크게 발을 굴렀다. 계속 굴렀다. 그러다가 문득 자신에게서 떨어져나간 기억에 가닿았다. 그날도 그녀는 옥상에서 발을 굴렀다. 지금과 다른 점이 있다면 순전히 남편이 미워서였다. 남편은 아들의 짐을 전부 창고로 옮겨놓았고, 그녀가 열 수 없도록 창고를 잠가버렸다. 그녀는 옥상 문을 괴는 데 쓰던 받침돌을 가져다가 창고 문을 내리쳤다. 계속 쳤다. 다른 생각도 떠올랐다. 예컨대 그녀가 집에서 날마다 발을 굴렀던 일이나 참지 않고 아들을 향해 내뱉은 말들이. 그녀는 고개를 저었다. 더는 떨어져나간 기억을 되찾지 말아야 했다.

기억은 그렇게 해서라도 그녀를 살게 하려고 애썼으니 그 마음에 감복해서라도 기억이 시키는 대로 해야만 했다.

  그녀의 등뒤로 옥상 문을 열려는 소리가 들렸다. 고장난 문은 쉽사리 열리지 않았다. 문 너머에서 남편이 그녀에게 괜찮냐고 묻는 소리가 들렸다. 남편은 문을 몸으로 밀고 손으로도 치고 발로도 차는 모양이었다. 그런 식으로 문이 열릴 리 없으나 할 수 있는 건 다 해보려는 듯했다. 남편이 철문에 몸을 부딪히는 소리가 크게 울렸지만 여전히 문은 열리지 않았다.

문학동네 소설집
어른의 미래
ⓒ 편혜영 2025

1판 1쇄 2025년 9월 12일
1판 3쇄 2025년 11월 7일

지은이 편혜영
책임편집 김내리 | 편집 서유선 여승주 염현숙
디자인 김이정 최미영 | 저작권 박지영 형소진 주은수 오서영 조경은
마케팅 정민호 서지화 한민아 이민경 왕지경 정유진 정경주 김혜원 김예진 이서진
브랜딩 함유지 박민재 이송이 박다솔 조다현 김하연 이준희
제작 강신은 김동욱 이순호 | 제작처 영신사

펴낸곳 (주)문학동네 | 펴낸이 김소영
출판등록 1993년 10월 22일 제2003-000045호
주소 10881 경기도 파주시 회동길 210
전자우편 editor@munhak.com | 대표전화 031) 955-8888 | 팩스 031) 955-8855
문학동네카페 http://cafe.naver.com/mhdn
인스타그램 @munhakdongne | 트위터 @munhakdongne
북클럽문학동네 http://bookclubmunhak.com

ISBN 979-11-416-0263-5 03810

* 이 책의 판권은 지은이와 문학동네에 있습니다.
  이 책 내용의 전부 또는 일부를 재사용하려면 반드시 양측의 서면 동의를 받아야 합니다.

잘못된 책은 구입하신 서점에서 교환해드립니다.
기타 교환 문의 031) 955-2661, 3580

www.munhak.com